吴地古今桥联

张伟振 编注

凤凰出版社

图书在版编目（CIP）数据

吴地古今桥联 / 张伟振编注. -- 南京 : 凤凰出版社，2015.5
ISBN 978-7-5506-2152-7

Ⅰ. ①吴… Ⅱ. ①张… Ⅲ. ①对联—作品集—中国 Ⅳ. ①I269

中国版本图书馆CIP数据核字(2015)第068156号

书　　名	吴地古今桥联
编　　注	张伟振
责任编辑	张永堃
出版发行	凤凰出版传媒股份有限公司 凤凰出版社(原江苏古籍出版社) 发行部电话025-83223462
出版社地址	南京市中央路165号,邮编:210009
出版社网址	http://www.fhcbs.com
经　　销	凤凰出版传媒股份有限公司
照　　排	江苏凤凰制版有限公司
印　　刷	江苏凤凰扬州鑫华印刷有限公司 扬州市江阳工业园蜀岗西路9号,邮编:225008
开　　本	850×1168毫米　1/32
印　　张	10.375
字　　数	224千字
版　　次	2015年5月第1版　2015年5月第1次印刷
标准书号	ISBN 978-7-5506-2152-7
定　　价	38.00元

(本书凡印装错误可向承印厂调换,电话:0514-85868858)

目　录

前　言

吴地是一个地域概念。古代的吴地，通常是指春秋晚期吴国在稳定时期的势力范围。现代的吴地范围，要比古代吴地的范围小得多，通常是指以太湖为中心的地区，包括今江苏省南部丹阳市以东的常州市、无锡市、苏州市，浙江省嘉兴市、湖州市，以及上海市各区。从古到今，吴地的地域概念是在动态变化之中逐渐变小的，而且，今后还会有继续变小的趋势。所以，吴地的地域概念，是一个历史的范畴，不是一个永恒的范畴。

现代吴地，处于长江下游冲积平原，集江、河、湖、海于一体，河港众多，湖塘密布，其文化特征与水密不可分，因而吴地文化又被理解为水文化或水乡文化。水，造就了吴地文化的生成和发展，也成了吴地文化发展的自然物质基础。在水的哺育和滋养下，产生了吴地的稻文化、鱼文化、船文化、桥文化、井文化、茶文化、蚕桑丝绸文化、园林文化等物质文化，与此同时，也产生了吴语文化、吴歌文化、吴民俗文化、吴门学派、吴门画派以及以昆曲为代表的多种戏曲等精神文化。在物质文化中，仅就桥文化而言，就蕴含了丰富的文化内涵和多门类的艺术结晶。

吴地水乡，水多桥多。桥是水陆交通的枢纽，保障了陆路交通的连续性，因此被称为“水陆锁钥”。千百年来，吴地人民既建造了跨越江河的大桥，适应城市发展的市桥，水乡古镇的镇桥，也建造了在乡间星罗棋布的小桥，以及造型多变、极具艺术欣赏价值的园林桥梁，林林总总，千姿百态。桥梁数量之多，世所罕见。留存至今的吴地古桥，最早的始建于唐代，大部分是经明、清两代修复或重建的。

吴地古桥，蕴含着丰富的文化内涵，形成了独具一格的桥文化。桥文化中，包括建筑理念和建桥工艺、美学、雕塑艺术、文学、楹联学、书法、篆刻艺术、佛学等内容。吴地的古桥，无论是石板桥还是石拱桥，大多在桥的两侧立有楹柱，楹柱上镌刻着楹联，通常称之为桥联。桥联的内容丰富多彩，有记述历史的，描绘自然美景的，指明桥梁地理位置的，指示舟楫航向的，也有借景抒情、隐喻人生、教人行善的。大多数桥联，构思精巧，对仗工整，文笔优美，许多出自名家手笔。这些佳联妙对，通过优美的书法和精美的勒石呈现，立于桥侧，供人们吟诵欣赏，人们通过对桥联的欣赏，在获得教益的同时，也获得了艺术和美的享受。

桥联是随着桥梁建筑材料以石代木的过程逐渐出现的。唐代的吴地古桥大多以木材建造，木梁和木栏涂以朱红色漆，既防腐又美观，人们称之为"红栏"。唐代大诗人白居易任苏州刺史时，曾作诗赞美苏州之桥多，诗曰："绿浪东西南北水，红栏三百九十桥。"宋代以后，随着社会和经济的发展，建桥材料逐步以石代木，兴建石桥。至明代，石质的拱桥和板桥已经较多。另一方面，楹联自唐代末年开始出现，历宋、元两代，至明初已比较兴盛。由于楹联是两行文学，具有广泛的实用性，它与桥梁结合形成桥联，是水到渠成的事。明代后期与清代，桥联大量出现，形成百花齐放的繁荣景象。这样的审美传统，一直延续到民国年间。

本书收集了吴地古今桥梁楹联八百余副，绝大部分是明、清和民国时期的作品，少数为现代楹联学家在古桥重建时新撰的作品。每副桥联之下，对该桥的建桥历史、建筑的艺术特点、空间尺寸、现存状况，以及桥联的内容，做了一些简要的注解。这样做的目的，是为了在弘扬楹联文化和桥文化的同时，也为吴地古桥保存一些历史资料。一副楹联，不仅是字数相同的两行文字，还应符合联律的其他要求。实地所见少数桥梁的楹柱上，虽然镌刻有字数相同的两行文字，但却似联非联，对于这样的作品，本书也一并收入，以期保存历史资料。

在当今现代化建设和城乡一体化的大潮中，已经有许多古桥悄然消失。但也有许多地方的文物管理部门和有识之士，出于对古建筑的敬畏和爱护，大力开展对古建筑的保护和利用工作，其中包括对有价值的古桥梁进行重建或移建，这是一项智慧之举，是保护和发扬我国优秀传统文化的有效方法，是一件实施文化强国战略的重要措施。

近年来，已有多种有关吴地古桥的图录及专著出版，然而，就笔者管见，这类著作的着眼点多在于古建筑审美，或介绍重要古桥的地理位置、建筑历史，或探讨其形制规模、力学原理，对古桥楹联则较少涉及。笔者自从私塾发蒙以来即喜好楹联，数十年来，每到一处辄以手录古联为乐。退休以后的十余年间，几乎跑遍整个苏州，对邻近县市的重要古桥亦多有走访，对现存古桥楹联一一实录，并参阅各地方志，进行核实补充，编成此书。但由于个人精力有限，未能对吴地古桥楹联进行网罗式收集，加之十余年前摄影器材尚未普及，因此，留下了诸如收集不全、资料有误等许多遗憾。尽管如此，笔者还是不揣浅陋，将所收资料集结出版，一则为后来者提供资料，二则亦可告慰自己十余年单车奔走、风餐露宿的难忘时光。

由于本书的资料收集历时较长，古桥所在地的行政区划多有变动，本书涉及的古桥地点划分以 2010 年底的行政区划为准。因作者水平有限，书中定有不少错讹缺漏，不当之处敬请读者批评指正。谨谢！

张伟振

识于姑苏馨泰公寓

苏州市

(一) 市 区

万年桥联[一]

一

佳气絪缊迎汉渚；[二]

恩波浩荡达江湖。

——汪德馨[三]

二

画鹢排空秋水净；[四]

苍龙卧隐夜潮平。[五]

——汪德馨

三

佳景入诗，望郭外青山，岸边碧树；

玉环涵影，伴楼头明月，江上胥涛。[六]

——俞涌[七]

四

物华四序，流入茂苑成双绝；[八]

名动三吴，陟登胥关第一桥。

——朱红[九]

注释：

［一］ 万年桥：位于苏州市胥门外，东西向横跨大运河（护城河段），始建于清乾隆初年。胥门外护城河上此前曾有过吊桥，但也有长期无桥的时期。苏州知府汪德馨于乾隆四年（1739）鸠工建桥，历时两年而成。桥三孔

石拱，长三十二丈五尺，广二丈四尺，高三丈四尺四寸。桥西堍建石牌坊一座，正面书额“万年桥”，反面书额“三吴第一桥”。石牌坊有联：“水面忽添新锁钥，波心仍照旧舆梁。”桥之规模与宏丽，可见徐扬于清乾隆六十年(1795)所绘《姑苏繁华图卷》。万年桥建成后，历经多次改建和重修，但两堍桥基及河中两墩均系原物。现桥为2004年改建而成，风格绚丽，雄伟壮观。现桥共有四副对联，第一、第二副为清乾隆五年(1740)初成时原物，上款“大清乾隆五年庚申十月吉旦”，下款“苏州郡守中州汪德馨撰并书”。第三、第四副为2004年改建时新撰勒石。

[二] 烟缊：即氤氲，烟云弥漫貌。

[三] 汪德馨：中州人。清康熙进士，工诗。曾任苏州知府，乾隆四年主持修建万年桥。

[四] 画鹢：船之别称。古代在船首画鹢鸟以示吉祥，故称船为画鹢。唐代诗人皮日休《初入太湖》诗云：“悠然啸傲去，天上摇画鹢。”

[五] 苍龙：即青龙，喻多孔拱桥。

[六] 江上胥涛：因万年桥临近胥江与护城河交汇处，意为隐约可闻胥江波涛。

[七] 俞涌：名国卿，1945年生，江苏苏州人。中华诗词协会会员，苏州市民间文艺家协会副主席兼秘书长，工诗联，善谜学。

[八] 茂苑：苏州之别称。

[九] 朱红：1936年生，江苏苏州人。诗人、作家，苏州市作家协会副主席，《苏州杂志》副主编。

蟠龙桥联[一]

一

西来桂棹上黄浦；

东去锦帆入太湖。

——潘君明[二]

二

瑞塔凌霄，景物千秋留胜概；[三]

玉虹衔月，水云一派赏吴风。

——俞涌

三

三环明月连吴苑；[四]

一棹好风泛碧波。

——俞涌

四

吴地重古韵，特移江虹映古阙；[五]

宋桥添新俦，同枕塔影联新诗。[六]

——朱红

注释：

［一］ 蟠龙桥：位于苏州盘门外东侧，南北跨护城河，与位于盘门口的吴门桥遥相对应。此桥2003年由原横跨胥江的古枣市桥原型放大1.6倍而建，并利用了原枣市桥拆下的部分建筑石料。现桥三拱，中拱跨径15米，两侧小孔跨径为9米，并有50厘米宽的纤道。

［二］ 潘君明：1937年生，江苏常熟人。中国民间文艺家协会、中国楹联学会、中华诗词协会会员。苏州民间文艺家协会名誉主席，著作颇丰。

［三］ 瑞塔：即瑞光寺塔，位于盘门内，建于宋代，高约53米。

［四］ 三环：指蟠龙桥三石拱在月光下倒影成的三个满月形连环。

［五］ 特移江虹：指明此桥系由原横跨胥江之古枣市桥原型放大移建之事。

［六］ 宋桥：指蟠龙桥西侧邻近的吴门桥。吴门桥始建于宋朝，现桥为清同治十一年(1872)重建，是苏州现存最高的单孔石拱桥。

人民桥联[一]

一

凭栏极目，读一城珠玑，三吴风物；
逐浪飞舟，怀十里烟水，千古江山。

——俞涌

二

杰阁连云，飞甍突兀迎日月；
前程似锦，大道康庄向昌隆。

——朱红

三

回廊卧龙，华灯焕鹤市；[二]
曲岸垂柳，绿水绕吴都。

——俞涌

四

曲槛枕水观三象；[三]
轩楹临风瞰万家。

——朱红

注释：

［一］ 人民桥：在南门外，南北跨护城河。初建于1951年，钢筋水泥结构，五孔，宽6.71米，全长42.25米，中孔距最高水位4米。1977年重建，宽22.62米，全长62米。三孔，中孔跨度22.4米。2003年再建，九跨，简支板梁，桥宽45米，南、北堍下有旱桥立交。桥上人行道建有一字长蛇阵的梁架式廊棚，左右伸展，高低错落。南、北两端，建有四披式飞檐台阁，廊棚上正轩两边各四根楹柱，悬挂四副楹联。桥下中间两桥墩上，装饰着反映苏州历史人物的花岗石浮雕十六幅。全桥建构典雅，风光秀丽，富有浓厚的人文气息和传统的艺术特色。

［二］ 鹤市：苏州之别称。

［三］ 三象：即三星，指天空有参宿三星、心宿三星与河鼓三星。又，旧俗称福、禄、寿三神为三星。

平门桥联[一]

一

雄阙临风，飞虹卧碧，华灯焕不夜；
芳园串翠，古塔凌霄，茂苑歌长春。[二]

——俞涌

二

名郡朝辉，千里云雾开气象；
通衢溢彩，百城烟水作文章。

——俞涌

三

岸柳浸波，风光正占中吴色；
廊桥映月，气势长留北阙春。

——俞涌

四

前离茂苑无多远，九级浮图在望；
北出平门第一桥，八方客旅来归。

——朱红

五

云川有路，但见人来车往，天涯咫尺；
风物洵佳，唯思后乐先忧，志士襟怀。[三]

——朱红

六

唯雄关得见，十万水犀扬帆去；[四]

有韵士留吟，三生花草入梦来。

——朱红

注释：

［一］　平门桥：在城北平门外，南北向跨护城河。桥梁形制与南门外人民桥相似，桥面两侧人行道上建有廊棚，廊棚楹柱悬挂上列六副对联，对联与周边景观融为一体，典雅古朴。

［二］　古塔：指平门内的北寺塔。塔传说始建于三国孙吴时期，现塔清代所建，九级八面，高 76 米，气势雄伟，为苏州诸塔之冠，与虎丘云岩寺塔并为古城苏州的重要地标建筑。

［三］　后乐先忧：语出宋代名臣、著名政治家、文学家范仲淹《岳阳楼记》“先天下之忧而忧，后天下之乐而乐”。范仲淹，苏州人。

［四］　水犀：犀牛的一种。据传吴王夫差曾建有身披水犀甲的水军，此处系指水上船队。

五龙桥联[一]

一

偃月五环留古韵；[二]

贤名千载誉香山。[三]

——俞涌

二

长虹饮郭池，景焕红尘风流地；[四]

五水朝阊阖，烟笼碧落锦绣乡。

——朱红

三

水势如蛟冲飞阁；

关前有虎守白堤。[五]

——朱红

四

胜迹属阊阎，风物宛然云林画；

贤名标史册，黎元相忆白傅诗。[六]

——俞涌

注释：

［一］ 五龙桥：位于苏州阊门外右侧，东西向跨护城河，桥临五水（山塘河、上塘河、城内第三横河和流经桥下的南北护城河），势如五龙聚首交会，故名。五龙桥为五孔石拱桥，气势雄伟，造型美观，现为苏州古城区规模最大的五孔石拱桥，建于2004年。

［二］ 偃月五环：五龙桥石拱五孔，在月光照耀下，桥影月影连成五环。

［三］ 香山：即唐代大诗人白居易，白氏晚年移居洛阳伊阙香山，称香山居士。今五龙桥西堍建有白公祠。

［四］ 红尘风流地：曹雪芹在《红楼梦》中把苏州阊门一带称为“最是红尘中一、二等富贵风流之地”，联用此典，简称“红尘风流地”。

［五］ 白堤：即白公堤。白居易在唐敬宗宝历元年至二年（825—826）任苏州刺史，任上，“恩信及民，皆敬而爱之”，主持修建了阊门至虎丘的山塘河，并沿河筑长堤七里，后人纪念此举，称堤为白公堤。

［六］ 白傅诗：即唐白居易所作诗作。白居易曾任太子少傅，故后人称之为白傅。

阊门北码头桥联[一]

一

新桥一架通南北；
党泽千年惠大众。

——严震、李瑞庚[二]

二

桃坞小桥添胜景；
水乡古塔映清泓。

——严震、李瑞庚

注释：

［一］ 北码头桥：位于阊门内桃坞北码头，南北走向。花岗石构建，单孔拱桥，砂石桥坡，跨径 4 米，宽 3.5 米，长 7 米。桥形玲珑美观，今桥建于 1983 年。

［二］ 严震：江苏苏州人，文化人士。李瑞庚：江苏苏州人，文化人士。

徐贵子桥联[一]

一

波映圆姿替月；
桥因贵子得名。

——王西野[二]

二

两行杨柳临官路；
一带楼台接画桥。

——王西野

注释:

[一] 徐贵子桥:东西向跨临顿河,位于土圣巷东端、悬桥南。原为石板平桥,清道光二年(1822)重建。现桥为花岗石单孔石拱桥,1985 年重建。此二桥联,悬于桥身南北两侧。

[二] 王西野(1914—1997):江苏江阴人,复旦大学教授,工诗,善书。

苹花桥桥亭联[一]

平桥水暖弯弯月;
画阁晴开面面风。

——佚名

注释:

[一] 苹花桥桥亭:苹花桥位于旧学前东端,东西向跨临顿河,为单孔梁式平桥,两侧栏杆古色古香。苹花桥西堍有一方亭,南向两亭柱上镌刻此联。

迎枫桥联[一]

葑水相迎财若水;
信桥并望方成桥。[二]

——佚名

注释:

[一] 迎枫桥:跨苏州城内第三横河,因近葑门,故旧称迎葑桥。该桥始建于明代,清嘉庆十一年(1806)重修,单孔石拱桥,两坡有石级。1958 年河填桥废,镌刻此联的楹柱散失无存,但该桥台基仍完整留存。

[二] 信桥:指迎枫桥附近的望信桥,古桥,南宋绍定二年(1229)重修,民国时改名望星桥,沿用至今。

乌鹊桥联[一]

一

雁齿重新，两岸弦歌铿茂苑；[二]

虹腰依旧，一湾烟月溯葑溪。[三]

——佚名

二

利涉同资，会看千秋湲渚北；[四]

嘉名永锡，每逢七夕忆淮南。[五]

——佚名

注释：

［一］ 乌鹊桥：跨苏州城内第三横河东端的南侧平行分支。传桥与阖闾城同建，建城之初，此处有吴王乌鹊馆，桥因馆得名。古时称乌鹊为喜鹊，俗有“乌鹊叫，喜事到”之说，故乌鹊有吉祥鸟之称，不少人喜养乌鹊，以兆吉祥。历代文人对此桥的吟咏颇多，最著名的有唐白居易“乌鹊桥红带夕阳”、“乌鹊桥高秋夜凉”、“黄鹂巷口莺欲语，乌鹊河头冰欲销。绿浪东西南北水，红栏三百九十桥”等佳句，传诵至今。乌鹊桥历经 2500 多年，至民国初年，其规模之宏伟，仍为苏州城内石拱桥之冠，且桥用湖糠石构筑，雨后斜阳，熠熠生辉，十分壮观。民国二十三年(1934)，桥危，同时为适应新式车辆通行，遂拆除原石拱桥的上半部，用钢筋水泥改成平桥，宽 5.2 米，跨度 5.5 米，全长 22 米，水泥柱钢管桥栏。1987 年，为适应交通发展的需要，又经拓宽改建。现桥单孔，长 22 米，宽 13 米，跨度 6.5 米，钢筋水泥结构，花岗石贴面，桥联石保留完好。

［二］ 茂苑：苏州之别称。

［三］ 葑溪：水名，位于苏州之东郊。乌鹊桥下的流水，往东直达葑溪。

［四］ 湲：水流缓慢貌。

［五］ 永锡：锡，称贺。明宋应星《天工开物·五金》称：“凡锡，中国

偏出西南诸邑，东北寡生。古书名锡为‘贺’者，以临贺郡产锡最盛而得名也。”永锡，指乌鹊桥桥名雅驯，永远值得称贺。七夕：节日名，农历七月初七夜晚。古代神话，七夕之夜，牛郎、织女在天河相会，织女七夕渡河，无桥，群鹊飞集，前后相衔，搭起桥梁供牛郎、织女在桥上相会，俗称七夕鹊桥相会。淮南：指宋代诗人秦观（1049—1100）。秦观，字少游，号淮南居士，江苏高邮人，有《鹊桥仙》词，词云：“纤云弄巧，飞星传恨，银汉迢迢暗度。金风玉露一相逢，便胜却人间无数。　　柔情似水，佳期如梦，忍顾鹊桥归路。两情若是久长时，又岂在朝朝暮暮。”

顾亭桥联[一]

一

群虎随双狮共跃；[二]
金鸡伴白鹤齐飞。[三]
——费之雄[四]

二

漫步独怀砖塔古；
泛舟共赏水城幽。
——佚名

注释：

［一］　顾亭桥：宋《平江图》作“顾庭桥”。北宋有姓顾名亭者居此，对母至孝，磨豆腐为生，后倾其资财建此桥。明时称顾亭桥。桥原为条石板架成的梁式平桥。1974 年改建为钢筋水泥单孔平桥，宽 3 米，跨度 5.2 米，长 11 米。1994 年又重建为单孔石拱桥，宽 8 米，跨度 8 米，长 10 米，花岗石桥栏，望柱雕石狮，并镌刻桥联。

［二］　群虎：指苏州曾所辖六个县级市，《人民日报》曾发表《苏州崛起六只虎》的报道。双狮，指苏州工业园区和高新开发区，工业园区为中国与新加坡合资开发，新加坡有狮城之称；高新开发区位于苏州老城之西，区内

有山名狮山，故称双狮。

［三］ 金鸡：指苏州市区及县级市拼在一起的地图，其形如鸡，故称金鸡。白鹤：苏州旧雅称鹤市。

［四］ 费之雄：笔名左传三郎，1934 年生。浙江湖州人，随父费新我定居苏州。中国书法家协会会员、中国楹联学会名誉理事、江苏省国画院特聘书法家。

甫桥联[一]

一

入市河通干将路；

卧波桥接凤凰街。

——佚名

二

烟水平桥通利涉；

人家两岸见风光。

——佚名

注释：

［一］ 甫桥：南北向跨苏州城内第二横河，南堍连凤凰街，北出干将路。古名桥，历代多有修建。明成化十五年(1479)重建时为石拱桥，立《重建甫桥记》碑。桥之得名，与唐代诗人陆龟蒙有关。因桥附近有临顿里，系陆故居，陆龟蒙字鲁望，号甫里先生。甫里，地名，今苏州东郊甪直。1964 年，继清咸丰丁巳重建后，又改为单孔平桥，宽 15.1 米，跨度 4.5 米，长 5.73 米，钢筋水泥梁板，花岗岩桥栏。1994 年，改建为钢筋水泥拱桥，长 8 米，宽 31 米，跨径 6 米，花岗石桥栏，望柱雕石狮。

半园三曲桥联[一]

乱红迷紫曲;
浓绿涨瑞窗。
——陈从周[二]

注释:

[一] 半园三曲桥:在苏州北半园内,桥三曲,故名。

[二] 陈从周(1918—1999):浙江绍兴人。同济大学教授,园林学者。

狮子林曲桥桥亭联[一]

晓风柳岸春先到;[二]
夏日荷花午不知。[三]
——佚名

注释:

[一] 狮子林曲桥:名园狮子林内有池,池中有亭,用曲桥连结两岸,亭居桥中,名湖心亭,又名观瀑亭。桥共九曲,每曲均铺以三块平行的花岗岩石条,桥两侧围以线条简练的透空石栏。观者于曲桥放眼,风光秀丽,景色宜人。曲桥桥亭联:上款"题狮子林",下款"癸亥秋日吕贞白书"。

[二] 晓风柳岸:由宋柳永词《雨霖铃》"杨柳岸,晓风残月"句化出。

[三] 夏日荷花午不知:由宋杨万里诗《晓出净慈寺送林子方》"接天莲叶无穷碧,映日荷花别样红"句化出。忘却暑热之意。

西园放生池曲桥联[一]

一

最难得过来人，相逢香火有缘，即色即空，正婆娑春梦一场，苏台归鸟；

何处寻干净土，大好园林无恙，宜晴宜雨，却仿佛西湖三月，花港观鱼。

——刘文珍[二]

二

晴空摇翠浪；

曲槛俯清流。[三]

——陈从周

三

渊跃波游，活水泓泓鱼自在；

春翔秋返，空林郁郁鸟归依。[四]

——谷曾

四

圣教名言，独乐何如同乐；[五]

佛家宗旨，杀生不若放生。

——佚名

注释：

［一］ 西园放生池曲桥：位于西园（戒幢律寺）西花园的放生池上。曲桥以湖心亭为中心，桥面由三块花岗岩条石拼砌而成，东西各七折，每折长2米余，宽不及1米。桥两端分别接苏台春满厅和爽恺轩。桥面略高于水面，而低于池岸，贴水而建，别有情趣。第一副联原悬于曲桥楹柱上，现经北

京居士李树琪重书后悬于苏台春满厅内。其余三副均悬于曲桥中央的湖心亭内。湖心亭额曰“月照潭心”。

〔二〕 刘文珍：生卒年不详，字玉甫，浙江天台人。清咸丰进士。善书，尤长魏体。

〔三〕 第二副为集句联，集自宋词。

〔四〕 第三副联下款署“孝思书”。

〔五〕 独乐何如同乐：语出《孟子·梁惠王下》“独乐乐，与人乐乐，孰乐”，意为独自赏乐，不如与别人同享快乐。

环秀山庄廊桥联[一]

小亭结竹流青眼；
卧榻清风满白头。

——唐寅[二]

注释：

〔一〕 环秀山庄廊桥：位于环秀山庄湖石假山后，有池，池中有问泉亭，出入亭则依靠廊桥。廊桥长 2.8 米，宽 1.9 米，由平整的花岗岩石铺成，廊桥一端与问泉亭相接，悬此联。

〔二〕 唐寅（1470—1523）：字伯虎，号六如居士，江苏吴县（今苏州）人。明弘治解元，工诗文，善书画，为“明四家”之一，又是“吴中四才子”之一。

拙政园三曲桥联[一]

流水溅照影；
杨柳绿成荫。

——陈从周

注释：

［一］ 拙政园三曲桥：又名卧虹桥，桥两端连结卅六鸳鸯馆和留听阁。桥面三曲，中间一曲比左右两曲高出 0.5 米。桥基、桥面为石材，桥栏为铸铁。全桥形如卧虹，故名。

拙政园五曲桥联[一]

芳草池塘绿；
落梅亭榭香。

——陈从周

注释：

［一］ 拙政园五曲桥：园内有两座五曲桥，此联悬于自见山楼东部伸往池塘岸边的一座五曲桥。

拙政园曲径小桥联

芳郊绿遍；
小径红稀。

——陈从周

拙政园廊桥联[一]

清斯濯缨，浊斯濯足；
智者乐水，仁者乐山。[二]

——吴骞[三]

注释：

［一］ 拙政园廊桥：拙政园内有三座廊桥，此联悬于其中最著名的廊桥“小飞虹”上，廊桥与小沧浪构成一个十分独特的景观。

［二］ 联语为集句联，由清人吴骞集句撰书，上联出自《孟子·离娄上》，下联出自《论语·雍也》。

［三］ 吴骞(1733—1813)：清代著名藏书家、文学家。

泰让桥联[一]

一

让国奔吴，千载流徽彪史册；
乘风逐浪，一弯偃月扼胥江。[二]

——俞涌

二

西郭中枢，东望古阙通南北；[三]
四方百姓，一归勾吴达万千。[四]

——朱红

注释：

［一］ 泰让桥：南北向跨胥江，为胥江东起第一桥。始建于清光绪晚期修大马路时，初名大洋桥，后转音为太阳桥，再取谐音名泰让桥，寓纪念周泰伯让位之意。史传泰伯让王位于季历而奔吴，成为吴国始祖。这一避让权位的举动，被历代誉为“让国”、“至德”。

［二］ 一弯偃月扼胥江：泰让桥南北向，南连盘门路，北通阊胥路，原系三孔木桥，因与旧式拱桥不同，故民间俗称大洋桥，也有讹称为太阳桥。后正式定名泰让桥。1972 年改建为钢筋水泥桥。1978 年后又改为双曲拱桥，长 52 米，桥上车行道宽 16 米，两侧人行道各宽 2 米，主孔跨度 35 米，两侧边孔 7 米，如一弯偃月。

［三］ 西郭：即城西。泰让桥是环城西侧的南北主通道的必经之地，是

为要津。在桥上东望不远处即为苏州古城墙。

[四] 勾吴:史传泰伯奔吴后,“断发文身”,以示自己为荆蛮之人。他带来了周人的先进文化和农业生产技术,得到了当地人民的拥护。在梅里(今无锡梅村)被拥立为君长,国号为勾吴。

彩云桥联[一]

一

彩鹢漾中游,双楫回环通陆墓;[二]

云虹连曲岸,一帆平浪涉胥江。

——佚名

二

彩色焕虹腰,水曲堤平资利济;[三]

云容排雁齿,流长源远阜民生。[四]

——佚名

注释:

[一] 彩云桥:原位于苏州市横塘镇北,东西向跨大运河。三孔石拱桥,始建于明代。民国十七年(1928)由苏州慈善机构济生协会规划重建,全长 38 米,中宽 3.7 米,净跨 8.5 米。花岗岩构建,拱券纵联分节并列砌置,次孔有纤道。1992 年,因大运河拓宽,就近原状移建于大运河附近的胥江上,成为苏州至横塘段胥江上西端第一桥。古今诗人歌咏彩云桥的诗作颇多,如赵执信曾作《月夜过彩云桥》:“湖山寂寞夜迢迢,霜信风中酒易消。还是秋来可怜月,照人独上彩云桥。”1982 年 10 月公布为苏州市文物保护单位。彩云桥联共两副,两联均以鹤顶格形式,上下联首字嵌“彩云”桥名。第二联上下联末字嵌 1928 年规划重建方苏州慈善机构济生协会名称“济生”二字。

[二] 鹢(yì):鸟名,一种像鸬鹚的水鸟。陆墓:苏州城北名镇,现名陆慕,与彩云桥水路回环相接。

［三］ 虹腰：拱桥的别称。

［四］ 雁齿：原指事物并列有序如雁行，也喻桥之台阶和多孔石拱桥。

归泾桥联［一］

塘连南北占途坦；
市接东西庆物丰。

——佚名

注释：

［一］ 归泾桥：东西向跨康履桥河（又名虎啸塘）的最南端，东西两端连接枣市街，桥下河道，南向与胥江交汇。桥名由来及始建年代待考，现桥是1987年在清代石级拱桥的基础上修建，单孔，花岗石纵联分节并联组成拱券，长11米，中宽3.1米，孔径跨度5.7米，矢高3米，砖石桥栏，间以方形石柱，长系石两端雕百结纹，古朴庄重。

通渭桥联［一］

一

凡物利时行自利；
此心平处路皆平。

——佚名

二

旅喜船新山踊跃；
舟歌沚湜水潆洄。［二］

——佚名

注释：

[一]　通渭桥：东西向跨康履桥河，位于归泾桥北，东连长春弄，西连通归桥弄。桥名由来及始建年代待考。石板桥梁，单孔，两坡为石踏步，东坡10级，西坡7级。桥宽2.2米，跨度4.35米，长7.5米，高2.4米。长系石两端雕百结纹和变形花，桥台内侧立条石排柱，东西各四根。北侧石梁上刻“通渭桥”三字。

[二]　沚湜：沚，指水中小块陆地；湜，指水清可见底。沚湜，为水中小块陆地周边水清貌。潆洄：水流回旋。

虎啸桥联[一]

一

新整舆梁通四达；
合流泾渭利三吴。

——佚名

二

长堤直接枫关路；[二]
曲水远通震泽波。[三]

——佚名

注释：

[一]　虎啸桥：东西向跨康履桥河，东连小日晖桥弄，西连老禾家塘岸，因位于虎啸塘岸的北端，故名。民国十九年（1930）由苏州慈善机构济生协会重建。石质水泥桥，单孔，宽3米，跨度4.2米，长9.9米，桥栏亦为钢筋水泥构建。

[二]　枫关：指苏州枫桥和铁铃关。虎啸桥北即为夏驾河，由此可直达枫关。

[三]　震泽：太湖之别称。

新觅渡桥联[一]

一

百年觅渡，一叶扁舟归远客；
十里葑溪，三分明月照伊人。

——潘君明

二

到此留连休问渡；
从兹飒爽永乘风。

——俞涌

三

葑溪瞻宝带，揽吴地三分明月；[二]
古渡跨新虹，抒水城千载乐章。

——俞涌

注释：

［一］ 新觅渡桥：位于苏州古城东南，东西向跨大运河，桥北河水与护城河相通。桥南一箭之地即为始建于元代大德二年（1298）的觅渡桥（又名灭渡桥），由昆山僧人敬修募捐建成，明正统年间苏州知府况钟重修。现存古觅渡桥为清同治年间重修，地处水陆要冲，桥长 81.3 米，宽 4.8 米，净跨 19.3 米，矢高 8.5 米，薄型单孔拱式，两坡各有 53 步石级，规模巨大，雄伟壮观，为苏州古桥中之第一。1982 年 10 月公布为苏州市文物保护单位，2002 年 10 月公布为江苏省文物保护单位。为保护文物，便利交通，1975 年在古觅渡桥之北新建觅渡桥，称新觅渡桥，又名大觅渡桥。新桥采用联拱（21 拱）形式，正桥长 75 米，拱高 8 米，宽 15 米，跨度 60 米，有西、东、南三引桥，西引桥长 55.75 米，东引桥长 39.8 米，南引桥长 26.6 米，气势磅礴，宛如长虹。2002 年 11 月，苏州南门路改造时，又在古觅渡桥之南 60 米处建

新觅渡桥,桥长 337.4 米,桥西侧跨径 127 米,东侧跨径 151.4 米,主桥净跨 28 米,高 8 米,桥总宽 36 米,桥面除设车行道、人行道外,还设有专供游人上下观光的人行通道,2003 年竣工,仍称新觅渡桥。随后,1975 年所建新觅渡桥被拆除。

[二] 宝带:指位于觅渡桥南不远处的宝带桥。宝带桥始建于唐代元和十一至十四年(816—819),现桥为明代正统年间重修,清代再修,桥长 317 米,共 53 孔,犹若长虹卧波,十分壮观。2001 年被列为全国重点文物保护单位。

尹山桥联[一]

一

远道望松陵,一桁山光分旭彩;[二]

回波通笠泽,连樯云影压春潮。[三]

——佚名

二

明境翦双流,十里津梁萦宝带;

长虹规半月,万家烟树溯金阊。[四]

——佚名

注释:

[一] 尹山桥:位于苏州城东南尹山旁,东西向跨大运河。尹山,古时有墩,称山,故名。据传周大夫尹吉甫隐居于此,死后亦葬此山,始称尹山,西傍京杭大运河。尹山旧有崇福寺,又称尹山寺,始建于梁天监二年(503),元末毁。桥建于明天顺六年(1462),清道光、同治年间两次重修,单孔石拱桥,桥长 72 米,高 14 米,宽 4.7 米,一般帆船穿桥孔时不必落帆。桥体共用金山石 4550 块,气势雄伟,曾为苏州第一高桥。1979 年因京杭大运河拓宽工程被拆毁。

[二] 松陵:指桥南方不远处的松陵镇。

［三］ 笠泽：即太湖。

［四］ 金阊：尹山桥北5千米即为苏州老城区，苏州有金、阊二门，此处金阊代指苏州。

永安桥联[一]

一

湖接唯亭，几曲烟波映画鹢；[二]
路通官渎，万家灯火耀垂虹。[三]

——佚名

二

鼓棹东来，蠡泽湖光映远塔；[四]
扬帆西去，马鞍山色送行舟。[五]

——佚名

注释：

［一］ 永安桥：俗称里跨塘桥，位于苏州娄门外，南北向横跨娄江之上。宋庆元年间（1195—1200）始建，明万历九年（1581）重建，清康熙十九年（1680）、道光元年（1821）、道光十六年（1836）多次重修重建。桥单孔石拱，长48米，净跨12米，中宽4.2米，矢高6.4米，花岗岩拱券纵联分节砌置，南坡踏步37级，北坡踏步40级，桥形十分美观。1999年毁于洪灾。

［二］ 唯亭：苏州娄门外名镇，娄江流经镇南。

［三］ 官渎：苏州娄门外小镇，又名官渎里，为水陆路交通要道。

［四］ 蠡泽：当地湖名。

［五］ 马鞍：山名，即昆山西北之玉峰山，海拔84米，以盛产昆石而著名。因山形如马鞍，故俗称马鞍山。马鞍山地处百里平畴，一峰独秀，山色秀丽，景物天成。

新民桥联[一]

一

青云信步，阊阖千秋多胜迹；
绿水泛舟，风光七里属诗人。[二]

——俞涌

二

远山拥翠，此去舟行烟水里；
新月横波，方知人在画图中。

——俞涌

注释：

［一］ 新民桥：始建于清光绪末年，民国十六年(1927)重建。东西向跨山塘河，贯通广济路，山塘街从桥下穿过。2004年新民桥重建，增此两联。

［二］ 七里：指七里山塘。唐代著名诗人白居易任苏州刺史时，开山塘河，自阊门至虎丘长约七里，故称。

普济桥联[一]

一

东望鸿城，水绕山塘连七里；[二]
西瞻虎阜，云藏塔影立孤峰。[三]

——佚名

二

北发塘桥，水驿往来通陆墓；[四]
南临路轨，云车咫尺到梁溪。[五]

——佚名

注释：

［一］ 普济桥：位于苏州市西北的山塘河中段，始建于明弘治七年(1494)，清康熙四十九年(1710)重建，因当时位于桥西的普济堂捐资兴建而得名。普济堂是清代和民国时期苏州地方创办的慈善机构，今在其旧址上建有敬老院。桥经数次重修，现桥建于民国初年，为大型三孔石拱桥，全长38.69米，中宽4.05米，中孔矢高5.3米，净跨9.29米，东次孔跨5.31米，矢高2.6米，西次孔跨5.29米，矢高2.54米。花岗岩拱券纵联分节砌置，踏步南30级，北26级。桥梁与周边景色相融，气势恢宏壮观，造桥艺术精湛，是我国古桥建筑艺术中的珍品。联语以方位词"东"、"南"、"西"、"北"作首字，引出联文，别具特色。1982年9月被列为苏州市文物保护单位。普济桥旁有同善桥，又称小普济桥，跨山塘河南支流庄前浜，为三孔梁式平桥，始建于清康熙五十一年(1712)，全长34.3米，宽2.7米，中孔跨5.6米，两边孔跨均为5米。两桥组成双桥，又称父子桥。

［二］ 鸿城：苏州之旧称。

［三］ 孤峰：指位于桥西北不远处的虎丘山及山顶上的云岩寺塔。

［四］ 陆墓：苏州城北的名镇，传因唐代陆贽葬此而得名，今避墓字，改称陆慕。

［五］ 梁溪：无锡旧称。

斟酌桥联[一]

鹤市人家临一水；
虎阜花舫聚三汊。

——佚名

注释：

［一］ 斟酌桥：古名桥，跨山塘河，临近虎丘。宋以前为木桥，相传越国范蠡与西施途经此桥时商酌事宜而得名。明万历十三年(1585)里人张柏泰改建为石桥。清嘉庆三年(1798)重建。道光二十一年(1841)同春堂重修石桥栏，民国年间又重修。现桥为1949年后重建，长19.6米，宽6.3米。对

此古桥，古今名人多有吟唱，如张大纯有《过斟酌桥》："斟酌桥头花草香，画船载酒醉斜阳。桥边水作鹅黄色，也逐笙歌过半塘。"

塔影桥联[一]

一

横波留塔影；
跨岸接山光。

——佚名

二

路入香山社；[二]
人维春水舟。

——佚名

注释：

［一］ 塔影桥：位于虎丘山南麓，在海涌桥东侧，跨越环山溪，为单孔石拱桥，桥洞形如半月，桥小巧玲珑，构建精细，势若飞虹，故又名虹桥。初建于清嘉庆年间。相传在桥下可见虎丘塔影，故名塔影桥。桥的望柱顶端雕有一对蹲狮，造型逼真，巧夺天工。桥身为青石构建，精工砌置，古朴典雅，至今保存完好。

［二］ 香山社：清嘉庆二年(1797)苏州知府任兆坰在虎丘山旁建白公祠，以纪念曾任苏州刺史的唐代诗人白居易，称香山社。白居易晚年卜居洛阳伊阙香山，自称香山居士。

西山庙桥联[一]

跨水虹梁新结构；
合流虎阜抱潆洄。[二]

——佚名

注释：

［一］ 西山庙桥：又名元庆桥，位于虎丘景区大门西侧，跨山塘河西段末梢，为单孔石拱桥。始建于清康熙年间(1662—1722)，由邑人王廷台等捐建，因桥北原有祭祀晋司空王珉的西山庙，故名。现桥建于清咸丰二年(1852)，长 20.8 米，宽 2.75 米，桥孔跨径 6.7 米。桥侧另一面的楹柱上刻石云“咸丰二年岁次壬子季春谷旦”和“诚正堂司董里人曹承成重建”。西山庙桥与其侧旁跨山塘河支流环山河上的万点桥组成双桥，桥洞一圆一方，动静咸宜。

［二］ 合流虎阜：因西山庙桥所跨山塘河与虎丘之环山河相通，故称。

渡僧桥联[一]

天垂玉蛛通濠堑；[二]
地近金阊重股肱。
——佚名

注释：

［一］ 渡僧桥：位于苏州阊门外山塘街北濠弄口，南北向跨上塘河，是市区通往七里山塘和虎丘的必经之地。据《长洲县志》载：“孙吴时，民以舟济商，有僧呼渡，舟子弗应，僧折杨柳枝浮水而渡，众惊异罗拜，愿藉神力成此桥，遂募建，不日而成，以渡僧名。”此事说明宋代以前此处即有桥。南宋咸淳十年(1274)，僧元凯等募资重建，明崇祯九年(1636)，又由僧如净募捐重建，为单孔石拱桥，净跨 11.4 米，两侧南北坡上下共有 72 石级，并镌桥联。清代又重建。民国二十五年(1936)为便利交通，将原石拱桥改建为钢筋混凝土平桥。1966 年改建为单孔平桥，1990 年加宽桥面，桥长 6.1 米，宽 12.4 米，成为现代化的桥梁，原桥联已无踪迹。

［二］ 玉蛛：蛛为彩虹别称。在此以彩虹垂地来形容渡僧桥之美。

桐泾桥联[一]

一

望西行远通浒墅;
向东去近抵金阊。

——佚名

二

陆地运精功疏浚;
出人才恒善栽培。

——佚名

注释:

[一] 桐泾桥:东西向跨桐泾河,桥北即为上塘河,东西接通建于上塘河南岸的枫桥路。桐泾桥原为梁式平桥,始建年代不详,1983 年重建,长 5 米,宽 5.5 米,跨径 3.6 米。在拓宽枫桥路重建现代化的桐泾桥时,发现原桥底座及楹柱上的桥联。第一联位于原桥的北侧,面临上塘河,为东西航行的船只指明航向。第二联位于原桥的南侧,内容从开河造桥说到培养人才的大业,寓意深远。

来凤桥联[一]

一

白莲开近先贤宅;[二]
绿凤飞来第九桥。[三]

——王西野

二

江枫渔火霜钟劲；

水廊山村玉镜涵。

——程可达[四]

注释：

［一］ 来凤桥：位于枫桥街道东侧，南北向跨上塘河。原为石拱桥，后拆除，现桥为 1986 年所建，钢筋混凝土结构，单孔坦形仿石拱桥，桥形秀美，长 49 米，宽 20 米，桥上石栏用云斗望柱，配以莲花图案花板，颇具特色。

［二］ 白莲：指位于桥东侧的白莲花园，附近有多所古代名人宅第。

［三］ 第九桥：上塘河自苏州阊门起至枫桥，河上架有多座桥梁，来凤桥一度为第九座。

［四］ 程可达(1915—1997)：西安医学院教授，后定居苏州，书法家。

新来凤桥联[一]

一

疑归凤驿，梦在塔影钟声里；

信届莺时，人行花光水色间。

——朱红

二

以诗驰誉，只此近江枫渔火；[二]

有凤来仪，从兹思烟雨金阊。[三]

——俞涌

注释：

［一］ 新来凤桥：来凤桥于 1986 年重建后，由于交通发展的需要，在来凤桥东西两侧又各建一座与高架联接的新桥，俗称来凤东桥和来凤西桥，形制与来凤桥相似，而规模略小。第一副对联镌于东桥，第二副对联镌于西

桥。西桥之联，俞涌原撰联为："霜钟渔火，江枫有韵诗占胜；水巷莺花，阛阓生辉凤来仪。"后改为今联。

［二］ 以诗驰誉：因来凤桥邻近枫桥，枫桥因唐代诗人张继《枫桥夜泊》诗而名扬天下。

［三］ 有凤来仪：谓凤凰来集而有仪容，古人认为是祥瑞之兆。

江枫桥联[一]

一

江映新虹涵塔影；
枫邻古刹渡钟声。

——佚名

二

寒山钟声传万国；
江枫桥影留千秋。

——佚名

注释：

［一］ 江枫桥：位于苏州枫桥街道，紧邻千年古刹寒山寺，南北向跨上塘河。今桥1997年新建，三孔石拱，全长80米，宽13米，主孔跨径16米，两小孔各宽9米，由苏州产金山石砌成。江枫桥建桥时曾向社会公开征集对联，此两副均获第一名。

渔隐桥联[一]

一

霜梵、霜钟、霜乌、霜月、霜枫岸；
古桥、古寺、古镇、古关、古运河。[二]

——王西野

二

名桥古刹常如画，兴会三千世界；[三]

明月霜枫自作诗，情寄百八钟声。[四]

——崔护[五]

注释：

［一］ 渔隐桥：位于寒山寺景区内，2002年建，东西向横跨古运河，桥西即入江枫洲，长22米，梁式平桥，有重檐古亭覆于桥中央，组成大型的亭桥。渔隐桥以其不凡的风姿，成为江枫洲南部的重要景观。因桥东为渔隐小圃景点，故名渔隐桥。

［二］ 此联上联出于唐张继《枫桥夜泊》诗意；下联中的古桥指枫桥，古寺指寒山寺，古镇指枫桥镇，古关指枫桥南堍的铁铃关，古运河指京杭大运河。

［三］ 三千世界：或称三千大千世界，佛教名词，原是古印度传说中一个广大世界的名称。即以须弥山为中心，同一日月所照的四方天下为一小世界，合一千个小世界为小千世界，合一千个小千世界为中千世界，合一千个中千世界为大千世界，又称三千大千世界，或三千世界。佛教用其意，以三千大千世界为佛所教化的范围。

［四］ 百八钟声：即一百零八次祈福钟声的简称。

［五］ 崔护（1924—2009）：江苏太仓人，中国书法家协会会员，擅长诗、书、画、印。

听钟桥联[一]

一

枫桥不改旧时月色；

古寺依然今日钟声。

——崔护

二

乌啼月落添新意；
桥影钟声结古欢。

——崔护

三

胜墜重新，缅宗风于妙刹；[二]
清游自昔，听落月之钟声。

——钱太和

注释：

［一］ 听钟桥：位于江枫洲内，原址为西塘桥故址，因其是隔岸听寒山寺钟声的最佳地点，故名。听钟桥重建于2001年，全木结构，梁式平桥，由三间轩室连成一廊，廊最宽处9米，桥全长30米。桥两堍各有木阶踏步7级。廊桥横卧波上，简朴的江南民居建筑连于桥休，组成了苏州传统的廊桥形制，充分表现了苏州廊桥的文化景观和传统特色。

［二］ 妙刹：指古刹寒山寺。寒山寺原名妙利普明塔院。传说唐代贞观年间，当时的名僧寒山和拾得曾由天台山来此住持，故易名寒山寺。

枫桥联[一]

一

吉人语善、视善、行善，三年天必降之福；
凶人语恶、视恶、行恶，三年天必降之祸。

——佚名

二

诸恶莫作；
众善奉行。

——佚名

三

万恶淫为首；
百善孝为先。

——佚名

注释：

［一］ 枫桥：位于苏州城西枫桥街道寒山寺北侧，南北向跨古运河。曾名封桥，为古代水陆交通要道，每当漕粮北运经此，就封锁河道，禁止他船通行，故名。唐张继作《枫桥夜泊》诗："月落乌啼霜满天，江枫渔火对愁眠。姑苏城外寒山寺，夜半钟声到客船。"此诗闻于世后，千百年来，枫桥之名，远播四方，饮誉中外。历代吟咏枫桥的诗作颇多，如明代高启诗云："画桥三百映江城，诗里枫桥独有名。几度经过忆张继，乌啼月落又钟声。"枫桥始建年代难以查考，现存桥梁为清同治六年（1867）所建，1984 年重修。桥为花岗岩单孔石拱桥，顶部宽 5.27 米，长 39.6 米，单孔跨度 10.5 米，矢高 5.7 米，桥南北坡各有花岗岩踏步，南坡 30 级，北坡 28 级，以便行人通行。另在桥南明柱上刻有"仁济堂安仁局董事经办"、"同治六年丁卯八月重建"等字样。现为江苏省文物保护单位。枫桥桥堍建有一亭，名梦诗亭，亭柱上有两联：其一为王西野撰吴进贤书"水驿邮程游子梦，霜钟渔火古人诗"；其二为谭以文书"亭前柳色凄迷绿，湖上山痕杳渺青"。

新枫桥联［一］

诗意从今添画意；
涛声依旧伴钟声。

——费之雄

注释：

［一］ 新枫桥：位于新建的江枫洲景区内。

浒墅关关桥联[一]

流水声中理官事；
寒山影里见人家。

——佚名

注释：

［一］ 浒墅关关桥：浒墅关始建于秦代，原名虎疁。明代初年设钞关于此，征收苏州、杭州、九江三府之船货钱钞。关桥横跨大运河，现已不存，联石也无影踪。此联为集唐人诗句成联的集句联。

普思桥联[一]

往来之便，舟俾融融一脉；
沛然大行，直达浩浩长波。

——佚名

注释：

［一］ 普思桥：位于浒墅关镇，现已不存。

丰乐桥联[一]

水远天长，万里川源连泰渎；[二]
年丰人乐，四时风景胜滁阳。[三]

——齐梅麓[四]

注释：

［一］ 丰乐桥：位于浒墅关北望亭附近，跨大运河，是苏州与无锡的界

桥。明万历年间(1573—1620)施策建,清康熙年间(1662—1722)重修。嘉庆二十一年(1816)由县令齐梅麓集资再修,并撰联。咸丰十年(1860)毁于兵燹。旧桥已不存,现在原址上建有钢筋混凝土的五七大桥。

[二] 泰渎:指流经无锡至梅村一带的河流,又称伯渎,相传泰伯所开,与大运河相通。

[三] 滁阳:即安徽滁州。施策曾贬滁州,慕欧阳修守滁时在滁州南之丰山疏泉建丰乐亭,后回家乡无锡集资建桥,名桥为丰乐桥。

[四] 齐梅麓(1774—1841):名彦槐,号梅麓,江西婺源人。嘉庆进士,官至苏州同知。善诗,工书法。

永安桥联[一]

旧梁复建迎仙使;[二]
新郭咸欢幸翠华。[三]

——佚名

注释:

[一] 永安桥:位于横塘新郭村,南北向跨越来溪支流新郭港。现桥为清代建筑,单孔梁式,花岗岩构筑,桥长 20.4 米,跨度 5 米,宽 2.5 米,高 5.5 米。两坡砌踏步,南 11 级,北 12 级。

[二] 仙使:指帝王的使臣或神仙的使者。

[三] 新郭:隋平陈,改吴郡为苏州,在此建苏州郭城,故名新郭。唐时,苏州治所迁回旧城。新郭地名,沿袭至今。

西津桥联[一]

立马望苏台,山翠万重拱虎阜;[二]
扬鞭来震泽,风涛千古泣鸱夷。[三]

——佚名

注释：

［一］ 西津桥：又名永丰桥，位于木渎镇西街，南北向跨胥江，清同治十三年(1874)重建。桥为花岗岩单孔圆弧拱石桥，全长 22 米，宽 3.05 米，桥堍宽 3.5 米，桥离水面高 4.65 米，跨度8.6米，拱圈轻薄，仅厚 0.32 米，空腹玲珑，稳重刚健，工艺精良，桥形美观。桥洞上部浅雕坐龙图案，方形望柱，条石栏板，两坡石级踏步。桥一侧的楹柱上刻此联，另一侧楹柱上分别刻着“木渎积善堂捐募重建”和“同治十三年四月谷旦”。西津桥为木渎十景之一“西津望月”的所在地。古诗云：“水环小市石桥横，清旷偏宜得月明。一片秋光漫楼阁，知谁望远最多情。”1986 年 3 月被列为苏州市文物保护单位。

［二］ 苏台：指姑苏台，此处即指苏州。虎阜：指虎丘山。

［三］ 震泽：太湖的别称。泣鸱夷：鸱夷，皮制的口袋。伍子胥有功于吴国，被封于申，故又称申胥。据《国语・吴语》，吴王夫差杀申胥后，取申胥之尸，盛于鸱夷，投之于江，后人称此江为胥江。人们怀念伍子胥，后以多种形式来纪念他。胥江水从西津桥下流过，胥江风涛也为之哭泣，故有“泣鸱夷”之句。

香溪桥联[一]

一

迹仗吴王石；
溪缘越女香。

——陆文贤[二]

二

溪流香故事；
桥载好心情。

——陆文贤

注释：

［一］ 香溪桥：横跨于木渎灵岩山前的香溪上，为一座石桥，上世纪末重建。香溪是灵岩山前的一条小溪，相传吴王夫差与越女西施在灵岩山上，西施在宫井旁对井梳妆，夫差在旁为她插花理妆，梳妆中的用水流下山去形成小溪，溪水香气四溢，故名香溪。称呼沿袭至今。

［二］ 陆文贤：字龙泉，1954 年生，江苏苏州人。中国楹联学会、中华诗词协会会员。工诗、楹联。

郝巷桥联[一]

一

胥水香溪，千载市廛起吴越；[二]
岁丰人乐，四时风景总春秋。

——江洛一[三]

二

吴越千年分清浊；
香胥两水汇一流。

——江洛一

注释：

［一］ 郝巷桥：位于木渎镇西街，南北向跨胥江，又名东安桥，与相距仅十几步的西安桥同建于明代，均为单孔石拱桥，故称姐妹桥。20 世纪 50 年代由拱桥改为平桥，1998 年重建单孔石拱桥，并镌刻此二联。桥宽约 2 米，上下坡踏步各 16 级。

［二］ 胥水香溪：胥水，指胥江。香溪，指香水溪。此二水在郝巷桥附近交汇，故称“香胥两水汇一流”。交汇处有一桥东西跨香水溪，名斜桥。“斜桥分水”亦为木渎十景之一。

［三］ 江洛一：浙江嘉善人，苏州平江书画院院长。善书画，工诗文。

聚兴桥联[一]

一

数载辛勤捐村口；
一朝瑞气耀龙门。

——佚名

二

仁风绕带商翁集；
流水围村东市兴。

——佚名

注释：

［一］ 聚兴桥：又名齐心桥，位于横泾街道东市梢，单孔石拱，始建于清乾隆年间，今已不存。

后巷桥联[一]

一

半环映水成圆月；
两岸平浪落彩虹。

——佚名

二

十里洄湍通木渎；
一泓澄澈浸尧峰。[二]

——佚名

注释：

［一］ 后巷桥：位于横泾后巷村，跨后巷港，通走马塘，单孔石拱桥。始建于清道光年间(1821—1850)，为横泾通往古镇木渎的主要通道。今桥已废，联石无存。

［二］ 尧峰：指后巷桥附近的尧峰山。

恩荣桥联[一]

一

桥临越水迎多福；[二]

地接吴山庆有年。[三]

——佚名

二

南朝越泾千舟往；[四]

北动郡城万姓欢。[五]

——佚名

注释：

［一］ 恩荣桥：位于越溪街道芦家浜，始建于明正德十年(1515)。桥为单孔石拱桥，长 20 米，宽 2.62 米，跨度 5.9 米，桥面石雕八卦太极图。桥两侧楹柱上刻桥联。桥东金刚墙左右各嵌碑石一方，记明代建桥事。据传，芦家浜人尊师重教，然自明代开国至正德年间，一百余年无人登进士第，正德六年(1511)有人考中进士，适逢此桥建成，故名恩荣桥。历代诗人对此桥多有吟咏。该桥在清代数次重修，1986 年被拆除。

［二］ 越水：指越来溪。

［三］ 吴山：当地山名，又称吴山头。

［四］ 越泾：指越来溪。据传公元前 473 年，越王勾践兴兵伐吴，自东太湖循水道入，此水道后人称越来溪。恩荣桥碑文曰："桥之南有溪曰越来溪。"即恩荣桥南向之水，又称越泾。

［五］ 郡城：指位于桥北不远处之苏州城。

寿星桥联［一］

北引越溪资利涉；
西通震泽庆安澜。

——佚名

注释：

［一］ 寿星桥：位于越来溪西张宅浜口，南北走向，单孔石拱桥。始建年代不详，清光绪十八年(1892)重建，今已不存。

管渎桥联［一］

环绕青山福泽臻；
潆洄碧水财源盛。

——佚名

注释：

［一］ 管渎桥：又名永福桥，位于越溪街道。单孔石拱，桥面刻有八卦图。始建年代不详，今桥为明弘治十四年(1501)重建。

越城桥联［一］

一

十里荷花香连水；
一堤杨柳影接行。

——佚名

二

碧草平湖，青山一画；[二]
波光万顷，月色千秋。

——佚名

注释：

[一] 越城桥：位于苏州市南郊石湖北口，东西向跨越来溪。单孔石拱桥，始建于南宋淳熙年间（1174—1189），清同治八年（1869）重建，1992年重修。全长33.2米，净跨9.5米，中宽3.6米，堍宽5.4米，矢高4.8米。花岗岩构筑，两落坡砌踏步，东22级，西23级。两侧桥栏亦为花岗岩构砌，桥栏底端由方形望柱与收头石组成。桥顶由四根方形望柱组成一方形平台，远望上方山和石湖，山水佳景，尽收眼中。越城桥之名与越来溪和越城有关。夫差二十三年（公元前473年），越军入吴时，即沿越来溪一举灭吴。《吴郡志》载："越兵入吴自此来，故名。"吴、越两军相持时，越军曾屯兵今越城桥之东。宋时，在越城附近跨越来溪建桥，因名越城桥。越来溪水从桥下流过，向北流至横塘，故桥又名越来溪桥。1982年10月被列为苏州市文物保护单位。

[二] 碧草平湖：平湖，指石湖。传越兵入吴，挖地成溪，凿石开渠，故名石湖。湖周10千米，面积3.7平方千米。湖面广阔，水平如镜，景色秀丽，为著名风景区。

蠡湖桥联[一]

绿柳溪边锁，乌犍眠陌上；
春游泛小舟，风蹴片帆悬。

——佚名

注释：

[一] 蠡湖桥：位于蠡湖上，桥现已不存。

须茂桥联[一]

一

南北要津通巷陌；
东西关键合源流。

——佚名

二

一镇生新虹焕彩；
八方占瑞月重光。

——佚名

注释：

［一］ 须茂桥：位于蠡墅中心地区，南北向跨蠡墅港。单孔石拱桥，建于清道光十三年(1833)，全长 19.3 米，宽 2.6 米，矢高 2.64 米，净跨 5 米，花岗岩构建，小巧玲珑，两岸人家枕河，充分体现了江南小桥流水人家的特色。1997 年 7 月被列为苏州市文物保护单位。

五龙桥联[一]

锁钥镇三吴，下饮长虹规半月。[二]
支条钟五水，远通飞骑扼全湖。

——佚名

注释：

［一］ 五龙桥：位于吴中区澹台湖口，横跨西塘河上，因居石湖、澹台湖等五水合流处而得名。始建于南宋淳熙年间(1174—1189)，后几经修建。1863 年太平军曾在此处抵御清军和英军的联合进攻，桥毁于战火。现桥为清同治十年(1871)重建，桥长 95.5 米，桥顶宽 5 米，桥下七孔连缀，五孔临

水,是苏州目前仅存的一座五孔临水石拱古桥。五孔石拱中跨度最大的为10米,最小的为8米。古桥外观秀长柔美,结构轻巧稳固。南侧楹柱上镌刻桥联,北侧楹柱上镌刻"建初在赵宋淳熙中岁","议复于皇清同治十年"。拱桥中央刻"重建五龙桥"。1997年7月被列为苏州市文物保护单位。

〔二〕 锁钥镇三吴:因经该桥的陆路是连接苏州与无锡、浙江的要道,桥下的西塘河则是联接河道湖泊的要津,故有"锁钥镇三吴"之称。

后塘桥联〔一〕

愿人常行好事;
愿天常生好人。〔二〕

——佚名

注释:

〔一〕 后塘桥:位于胥口水桥村,因地处原南宫塘的后塘,故名。南宫塘,东出胥口太湖香山嘴,流向西北,直至光福,汇入太湖。塘上原有古桥梁13座,现仅存3座,后塘桥为其一。该桥初建于清道光九年(1829),民国十八年(1929)重建。桥单孔石拱,花岗岩砌筑,全长22.5米,南坡宽2.88米,长10米,北坡宽3.18米,长10.3米,桥顶平面为2.15米×1.78米,拱桥的基石至桥顶高2.9米,拱跨度5.1米。该桥构筑精细,形体美观,结构稳固,为胥口香山石桥中的杰作。1986年3月被列为苏州市文物保护单位。

〔二〕 此联似联非联,为劝人行善、寄托心愿的吉祥语。

鸳鸯桥联〔一〕

一水澄清通舟楫;
万年福禄兆鸳鸯。

——佚名

注释：

［一］ 鸳鸯桥：位于胥口郁家村，始建年代无考，清咸丰三年(1853)重建，东西向，东通后塘桥，西接俞家桥街，为花岗岩单孔石拱桥。现桥长14.3米，跨径4.3米。石工精美，古朴可爱。据传桥西原有一座青石桥(现已不存)，与花岗岩石拱桥相仿，成为一对，故名鸳鸯。在下联末，嵌入“鸳鸯”桥名。

胥定桥联[一]

潮平震泽开明镜；
波定胥江锁彩虹。

——佚名

注释：

［一］ 胥定桥：位于胥口镇，跨胥江，桥已不存。

吕浦桥联[一]

十里波光迎画鹢；
四围山色锁长虹。

——佚名

注释：

［一］ 吕浦桥：位于光福镇吕山村与沙潭西村之间，南北向跨南宫塘。因吕山村为吕姓聚居地，沙潭村以浦姓为多，故桥以吕、浦二姓命名。始建年代无考，现桥为清同治年间(1862—1874)修建。花岗岩单孔拱桥，全长23.5米，跨度7.1米，为南宫塘上现存石桥中最高的一座。桥东侧楹柱上镌刻桥联，西侧楹柱上镌刻“同治十二年仲春立”和“善济堂募捐重建”。

虎山桥联[一]

一

桥通南北路；
川流东西崦。[二]

——佚名

二

旧境随波去；
新景逐浪添。

——佚名

注释：

[一] 虎山桥：位于光福镇西北，古名桥。《吴县志》载：虎山“桥跨龟山、虎山之间，界东西两崦。凡游邓尉者必由此入”。虎山相传为吴王养虎处。桥初为五孔石拱，始建年代不详，宋嘉泰年间(1201—1204)重建。元泰定(1324—1328)中改为三孔石桥，更名泰定桥。明成化及万历时又两次重建，仍改为五孔石拱桥。清顺治初，再改建为三孔石桥，民国时毁。20世纪50年代，改为钢筋混凝土平桥。虎山桥，历来文人吟诵极多。如明代诗人王稚登《湖上梅花歌》诗云：“虎山桥外水如烟，雨暗湖昏不系船。此地人家无玉历，梅花开日是新年。”

[二] 东西崦：当地东崦湖与西崦湖的合称。

后堡桥联[一]

锦浪曲泾三径秀；[二]
玉虹深锁七贤云。[三]

——佚名

注释:

［一］ 后堡桥:位于西山镇(今改为金庭镇)后堡村,单孔石拱桥,花岗岩构筑。

［二］ 三径:旧指隐士归隐后所居之田园,晋陶渊明《归去来兮辞》:“三径就荒,松菊犹存。”

［三］ 七贤:魏晋间,嵇康、阮籍、刘伶、向秀、山涛、阮咸、王戎等七人友善,常相遨游于竹林,号竹林七贤。

移影桥联[一]

风帆移影桥独横;
渔姑对镜月成双。

——李洲芳[二]

注释:

［一］ 移影桥:位于太湖洞庭西山景区石公山旁,面临太湖,单孔石拱桥,花岗岩构筑,桥望柱上所雕两对石狮栩栩如生,堪称珍品。

［二］ 李洲芳:1931 年生,江苏吴县(今苏州)人。文化人士,长期在文博界工作,地方史志专家。

挹波桥联[一]

一

东山西山望处处;
南湖北湖通源源。

——佚名

二

晴光可挹晴方舆;
枕水无波枕卧虹。[二]

——佚名

注释：

［一］ 挹波桥：位于太湖洞庭东山启园内。启园由东山人席启荪于民国二十二年(1933)创建，俗称席家花园。桥如垂虹，衔接长堤，桥长37米，宽3.2米，高5米。桥下流水沟通了启园内的镜湖等内水与园外的太湖，水连波接，景色绝佳。

［二］ 第二联上下联第四字嵌桥名“挹”、“波”两字，是所谓“蜂腰格”。

泰安桥联[一]

一

物阜民康，受之以泰；
山清水秀，静而能安。[二]

——佚名

二

东接尹湖，渔人网集；
西连笠泽，估客船来。

——佚名

注释：

［一］ 泰安桥：位于苏州城东南郭巷街道，南北向跨市河，单孔石拱桥，花岗岩构筑。现桥重建于清光绪二年(1876)，据传由本地在外经商的商人陈泰安捐资重建，故名。金刚墙上嵌清光绪二年重建碑记一通。桥全长17米，桥面宽2.43米，拱券矢高4.25米，净跨5.8米。1997年7月被列为苏州市文物保护单位。

［二］ 第一联镌刻于泰安桥西侧，上下联末字嵌捐资重建者陈泰安之名，是所谓“雁足格”。

大浮桥联[一]

一

湖水溯分支，上接尹山下独墅；[二]
乡音闻隔岸，南通贾舶北禅钟。[三]

——孙锡祺[四]

二

十一月兴梁告竣工，集多金，看溯湖支干分流，上接尹山下独墅；

二百年基址扩张名，同浮玉，听隔岸渔樵互答，南通贾舶北禅钟。

——钱鼎[五]

注释：

［一］ 大浮桥：位于郭巷街道浮桥村。原浮桥村四周皆水，村民出入皆靠渡船。元代曾建木桥，称大年桥，后毁。清乾隆年间，里人朱国梁在大年桥原址造石桥，仍名大年桥，清末又倾倒。民国四年（1915）由乡绅钱鼎发起，仍在清乾隆年间所造大年桥原址造大浮桥。桥南北向，三孔梁式平桥，花岗岩砌筑，长 32 米，宽 2.4 米，桥中孔径 5.1 米，两侧孔径 4.6 米，桥侧各有桥耳四只，桥面有四块条石为石梁，桥两侧有栏柱六根，间以石栏板。该桥现保存完好。

［二］ 尹山：指附近的尹山湖。独墅：指附近的独墅湖。

［三］ 禅钟：古时大浮桥附近有禅院，钟声时闻。

［四］ 孙锡祺：生卒年不详，江苏吴县（今苏州）人。民国初年文化界人士。

［五］ 钱鼎：生卒年不详，江苏吴县（今苏州）人。知名乡绅，民国四年（1915），发起建造大浮桥的工程。

青龙桥联[一]

草青波碧映郭巷；
龙腾鱼跃锁尹湖。
——佚名

注释：

［一］ 青龙桥：位于郭巷西与尹山湖相接处，花岗岩梁式单孔板桥，始建于清初，清光绪二十九年(1903)重建，东西走向，三块桥面石板均长4.5米，宽1.58米，高0.27米。1975年拆除。

百吉桥联[一]

十里荷香，邀客荡舟浮大白；[二]
数堆山色，迎人隔岸送遥春。[三]
——佚名

注释：

［一］ 百吉桥：位于苏州城东娄葑街道，三孔梁式平桥。始建年代失考，原名百脚桥，清光绪三十年(1904)重建，易为现名。因附近有金鸡湖，起蜈蚣(百脚)之名不吉利，于是取“百脚”之谐音“百吉”而名之。原桥已不存，现原址上建有长15米、宽20米的公路桥。

［二］ 十里荷香：百吉桥附近的苏州东乡，历代因广种莲藕芰荷而闻名，故有此说。大白：指大酒杯。刘向《说苑·善说》言：“饮不酹者，浮于大白。”

［三］ 数堆山色：指苏州西南郊诸山。

毛家桥联[一]

明镜光凝涵日月；
彩虹翠绕耀乾坤。

——佚名

注释：

[一] 毛家桥：位于苏州工业园区，单孔石拱桥，花岗岩构筑。

紫璈桥联[一]

一

法伍相春申，师范公林抚，理水兴吴，功德应承白傅后。[二]

知虞书鲁论，为社稷江山，持廉勤政，襟怀唯念黎元先；[三]

——俞涌

二

白傅可师也，会苍生有难，力阻洪峰长岸下；
金姬何幸哉，遇盛世重光，名标茂苑丽人行。[四]

——朱红

三

花堤春晓莺啼处；
水殿风生月上时。

——朱红

四

远舟泛碧，双岛苍茫浮黛髻；
飞阁流丹，五亭巍峙锁银波。

——俞涌

注释：

［一］ 紫璥桥：位于苏州工业园区李公堤上。清末，李超琼（字紫璥）知江苏省元和县（今苏州市的一部分），建堤理水，廉洁从政，后人将其在任期间所修堤称李公堤。为纪念李超琼，名桥为紫璥桥。桥上建桥亭五座，雄伟壮观，桥周景色秀丽，是苏州工业园区的重要景点。

［二］ 伍相春申：伍相，指吴国名相伍子胥。春申，指楚国春申君黄歇。范公林抚：范公，指宋名相范仲淹。林抚，指清代江苏巡抚林则徐。

［三］ 虞书鲁论：虞书，《尚书》中篇目。鲁论，即《论语》。黎元：指百姓。

［四］ 金姬：一作琼姬，传为吴王阖闾宫女，死后所葬之墩名金姬墩。金姬墩位于今工业园区内的金鸡湖侧。

高义桥联[一]

一

放眼云天，十里烟波添雅韵；
萦怀忧乐，一堤景色仰高风。

——俞涌

二

志士先忧后乐，箴言自古铭心际；
湖光画意诗情，美景于今数郡东。

——朱红

三

玉环串月融清影；
兰棹乘风溢远香。

——俞涌

四

波光潋滟范公泽；
水色空蒙烟客图。

——朱红

注释：

［一］ 高义桥：位于苏州工业园区内，为纪念范仲淹而建。桥名取自清乾隆南巡时在苏州天平山范公祠所题的匾额“高义园”。

景林桥联[一]

一

俊采星驰，邀明月一轮开境界；
蛟腾凤起，掬碧波千顷洗胸襟。

——俞涌

二

治水吴乡舟似叶，万户生佛；[二]
销烟虎港气如雷，千秋有声。[三]

——朱红

三

衔月亭桥多画意；
吟风柳岸得诗思。

——俞涌

四

触景生情吟李杜；

临湖揽胜忆林陶。[四]

——朱红

注释：

［一］ 景林桥：位于苏州工业园区内，为纪念林则徐而建。

［二］ 治水吴乡舟似叶：指林则徐任江苏巡抚时，疏浚河道，治理水患，常乘一叶扁舟巡视工地、视察民生。

［三］ 销烟虎港：指 1839 年林则徐任钦差大臣南下广东在虎门销烟的事迹。

［四］ 林陶：指清江苏巡抚林则徐和时任两江总督的陶澍。

正阳桥联[一]

一

西迎淞水源流远；[二]

东接昆冈钟毓繁。[三]

——佚名

二

双萱旧迹更新象；[四]

甫里金波绕玉梁。[五]

——佚名

注释：

［一］ 正阳桥：位于角直镇东市梢头，南北向横跨角直通往昆山的河流主航道上，是角直镇上规模最大的古石桥，因位于镇东，最早迎接朝阳，故名。《吴郡甫里志》云：桥“高大稳固”，犹似“水口关锁”，谓之“青龙”。又名青龙桥、震阳桥或东大桥。明万历（1573—1620）中建，清乾隆十三年（1748）

重修,单孔石拱,花岗岩质地,金刚墙及拱圈的部分石料为青石,长 49.4 米,中宽 5 米,矢高 5.9 米,净跨 12 米,共有石阶 66 级。桥的两侧置栏石,其间由四圆四方的八根望柱隔开。正阳桥及角直其他古桥及水道驳岸,1986 年 3 月被列为苏州市文物保护单位。

［二］ 淞水:指吴淞江。

［三］ 昆冈:指昆山的玉峰山,又名马鞍山。

［四］ 双萱:人名,姓陈,明万历年间(1573—1620)捐资募建该桥。

［五］ 甫里:角直古称甫里,是著名的江南水乡文化古镇,又有桥梁之乡的美称,平均每 0.0272 平方千米内即有一座桥,密度之高,堪称世界之最。

三元桥联[一]

一

东溯眠牛浮绿水;[二]

西邻斗鸭挹清风。[三]

——叶圣陶[四]

二

四境频来新瑞气;

三元重建著名桥。

——叶圣陶

注释:

［一］ 三元桥:位于角直镇三官弄口,东西向跨市河,始建于清乾隆年间,现桥为民国年间重建,又名三官桥。三官,指天官、地官、水官,有天官赐福、地官赦罪、水官解厄之说。并称正月十五日(上元节)、七月十五日(中元节)、十月十五日(下元节)为三官生日。古时也把尧、舜、禹称为三元。桥为花岗岩梁式平桥,全长 12.2 米,宽 1.55 米,高 3.55 米,桥两侧砌有条石栏板,并立有四望柱,桥面由三条长石铺就。现为苏州市文物保护单位。

［二］ 眠牛：河名，全名眠牛泾浜，位于风光秀丽的三元桥桥东。眠牛泾，原名眠羊泾，叶圣陶居角直时，与夫人常去游玩，不见羊眠于此，反而见农家耕牛往来不绝，故改名眠牛泾浜。眠牛，指风景美好的福地。《晋书·周光传》称："陶侃微时，丁艰将葬，家中忽失牛而不知所在，遇一老夫，谓曰：'前冈见一牛眠于山污中，其地若葬，位极人臣矣'。"

［三］ 斗鸭：水池名，位于角直名刹保圣寺西唐代诗人陆龟蒙墓园内，池旁有一武康石槽，传为陆龟蒙饲鸭遗物。据称陆龟蒙在此养斗鸭，一天，县吏下乡捕斗鸭，致鸭死。陆龟蒙以家鸭能言，要求县吏赔偿。结果，县吏被斗倒。此事，在当地千百年来传为美谈，盛赞陆龟蒙不惧官府权势，伸张正义，高风亮节，故后人在陆龟蒙墓前立一亭，名清风亭，以示纪念。

［四］ 叶圣陶(1894—1988)：名绍钧，江苏苏州人。现代作家、教育家、出版家、社会活动家，工诗词，善文。

寿昌桥联[一]

一

遥山黛影分江路；
夹岸钟声过客船。

——佚名

二

波静清江环竹院；
日临晓市集云帆。

——佚名

注释：

［一］ 寿昌桥：位于角直镇南，俗称南大桥。始建于明万历年间(1573—1620)，清康熙三十六年(1697)重建，单拱石孔，东西走向，花岗岩质地，设有条石栏板，方形望柱和石踏步。桥长 28.6 米，中宽 3.15 米，矢高 4.25 米，净跨 8.3 米。为苏州市文物保护单位。

大通桥联[一]

一

甫里千家连雁齿;[二]
吴淞一碧映虹堤。
——佚名

二

名区毓秀看题柱;[三]
高士流芳认钓矶。
——佚名

注释:

[一] 大通桥:位于甪直镇西,又名西美桥,俗称西大桥,南北向跨西栅河,始建于明成化十九年(1483),清乾隆三十三年(1768)重建。单拱石孔,花岗岩质地,全长23.5米,顶宽2.8米,净跨6.5米,矢高4.1米。为苏州市文物保护单位。

[二] 甫里千家连雁齿:甫里,即甪直。雁齿,桥梁之代称。全句意指甪直千家,临水而居,桥桥相连,无桥不通。全镇原有七十二座半桥,现存古桥仍有四十余座,其中明代建造的古桥就有十八座之多。

[三] 题柱:据《华阳国志·蜀志》载:"城北十里有升仙桥,有送客观。司马相如初入长安,题市门曰:'不乘赤车驷马,不过汝下也!'"《太平御览》卷七十三则引作"题桥柱"。

永宁桥联[一]

一

永庆升平跻盛世;
宁馨富丽甲中吴。[二]
——杨德辉[三]

二

茶灶竹床鲁望隐;[四]

莼羹菰菜季鹰回。[五]

——佚名

注释:

[一] 永宁桥:位于甫里八景之一的“西汇晓市”和马公桥附近。桥由花岗岩建成,单孔梁式,南北走向,桥面由四块长条石铺成。始建年代不详,现桥为1987年重建。

[二] 第一联悬于桥东侧楹柱上,上下联首字嵌桥名“永宁”二字,是所谓“鹤顶格”。

[三] 杨德辉:江苏苏州人。文化人士,中华诗词协会会员,工诗词,善制联。

[四] 鲁望隐:鲁望,唐代诗人陆龟蒙之字。陆龟蒙举进士不第,曾任苏、湖二州从事,后隐居甫里,称甫里先生。陆龟蒙嗜好饮茶,他常带茶灶、笔床、书籍和钓竿等物泛舟水上,作文写诗。晚年贫病,去世后葬于今甪直保圣寺西。

[五] 季鹰回:季鹰,西晋文学家张翰之字。西晋末年八王之乱时,张翰被齐王任大司马东曹掾。他知齐王将败,又因秋风起,思念故乡吴地的菰菜、莼羹,遂归吴。不久,齐王被杀。

马公桥联[一]

西边南陌千村树;

堤通晓市路飞虹。[二]

——佚名

注释:

[一] 马公桥:位于甪直保圣寺西的马公场,跨马公河,花岗岩结构,梁式平桥。甪直有“二步两桥”之说,即指桥梁多到刚跨过一座桥向左或向右走两三步便又有另一座桥,这样的两座桥即所谓双桥。吴地又将双桥称为钥匙桥。马公桥与洋泾桥即组成双桥。马公桥已于上世纪末拆除,

其桥名仍沿用至今。

［二］ 晓市：即西汇晓市，为甪里八景之一。

南昌桥联[一]

一

中流三渡环金钥；

夹岸双桥映彩虹。[二]

——佚名

二

津梁层叠浴环玉；

砥柱萦回接寿康。[三]

——佚名

注释：

［一］ 南昌桥：又名牌楼桥，位于角直镇内南行处，东西向跨市河。梁式单孔，花岗岩结构，长 13 米，中宽 1.5 米，高 3.9 米。两侧有石栏，两端铺石级。始建于清代。现为苏州市文物保护单位。

［二］ 双桥：南昌桥与永福桥组成双桥。

［三］ 寿康：指寿康桥。寿康桥比南昌桥先建，规模较大。也有祈祝人们福寿康宁之意。

寿康桥联[一]

一

安流北注分缓道；

通市南来第二桥。

——佚名

二

利济通衢安且固；

征祥合境寿而康。[二]

——佚名

注释：

［一］ 寿康桥：位于角直镇内，东西向跨敞滩浜。梁式单孔，花岗岩结构，长 20.8 米，中宽 0.75 米，高 3.1 米，两侧有石栏，两端铺石级。始建于清康熙三十七年(1698)，后历经数次重修。现保存完好，为苏州市文物保护单位。

［二］ 第二联的下联第五、七字嵌入“寿康”桥名，是所谓“碎锦格”。

寿仁桥联[一]

一

寿宇从今，拾级同臻大孝；

仁栟溯昔，希踪敢绍前修。[二]

——佚名

二

紫色征祥，合度犹龙高蹋；

绿波漾彩，宜题司马雄辞。[三]

——佚名

注释：

［一］ 寿仁桥：原名寿亭桥，俗名庄家桥，南北向跨市河。始建于清康熙十一年(1672)，乾隆、同治年间均重修。花岗岩构筑，单孔石拱。桥长 10.4 米，中宽 2.43 米，矢高 3.95 米，净跨 6.5 米。现为苏州市文物保护单位。

［二］ 第一联上下联首字嵌桥名“寿仁”二字，是所谓“鹤顶格”。

［三］ 宜题司马雄辞：前文所引司马相如“题柱”事。

环璧桥联[一]

一

湍流到此汛环转；
皎日涌空□璧圆。[二]

——佚名

二

祝嘏值成梁，年皆并永；
拾资营利涉，后必有昌。[三]

——佚名

注释：

［一］ 环璧桥：位于甪直镇内，又名永昌桥、高家桥，南北向跨市河。明万历四十七年(1619)建，梁式单孔，花岗岩结构，金刚墙及排柱上刻有捐资造桥人的姓名题记。桥长 17.4 米，宽 1.65 米，高 3.35 米。现为苏州市文物保护单位。

［二］ 第一联上下联第六字嵌桥名“环璧”二字，是所谓“凫胫格”，又叫“雁翎格”。

［三］ 拾资营利涉：多人出资营建桥梁之意。

阖塘桥联[一]

鹰齿远吞三迎白；
龙门高锁两峰青。[二]

——佚名

注释：

［一］ 阖塘桥：位于甪直镇外西南方，横跨阖闾浦上。从桥上南看张陵

山及阖闾浦之形胜，恰如联语所描写。

［二］ 两峰青：指张陵山。张陵山有东西两“陵”，实际上是两个相距100米左右的土墩，高出地面约6米，当地居民称为东山、西山。张陵山为一重要的史前文化遗址。现西山因取土已不存。

和丰桥桥坊联［一］

溯往嗣遗风，百代馨香绵俎豆；
敩希文良法，九天雨露沛丝纶。

——佚名

注释：

［一］ 和丰桥桥坊：和丰桥又名中美桥。桥南北走向，单孔石拱，是角直最古老的石桥。始建于宋代，其桥孔用宽度不同的青石拱板构筑，拱板两端均错缝拼接，凸现出宋代建桥风格。每块桥面石上均有浮雕，工程浩大，图案精美，堪称珍品。桥两侧设有镂空栏石，其间有28根望柱相隔，每根望柱均刻有花纹。桥两堍均建有引桥和平台。桥北堍的平台上矗立石牌坊一座。牌坊三门四柱，题额“乐善好施”，坊柱上镌刻着这副对联。该坊建于清光绪二十六年(1900)七月十四日。邻近的环玉桥建于明崇祯元年(1628)，花岗岩构筑，梁式平板单孔，与和丰桥组成双桥。两桥造型古朴，形制典雅，相映成辉，人文底蕴丰富，四周风景绝佳。现两桥均被列为苏州市文物保护单位。

南桥联［一］

开通官河支河两河；
重建南桥北桥双桥。

——佚名

注释:

［一］ 南桥:又名太平桥,位于元和街道陆慕西,东西向跨官河(元和塘)。始建年代无考,清光绪二十八年(1902)重建。重建时,曾建造型相同的两座桥,称南桥、北桥。北桥现已不存,南桥单孔石拱,花岗岩结构,矢高7米,两堍有引桥长50米。

含秀桥联［一］

鼓棹南来,港名柴米;［二］
扬帆东去,河号洋澄。［三］

——佚名

注释:

［一］ 含秀桥:位于陆慕东阳澄湖畔的柴米港。始建年代无考,现桥为清光绪十五年(1889)重建。单孔石拱,花岗岩结构。

［二］ 柴米:地名,即柴米港。

［三］ 洋澄:即阳澄湖。

鹤银桥联［一］

广大乐桥东迎水;
仁义泾渭西流行。

——佚名

注释:

［一］ 鹤银桥:位于陆慕徐庄村北,始建年代无考,现桥为清末重建。单孔石拱,花岗岩结构。

仁寿桥联[一]

夷陵古镇三里长；[二]
物阜民丰百业昌。[三]

——佚名

注释：

[一] 仁寿桥：位于唯亭街道一条三里长的老街上。此街曾是一条古纤道，因此，仁寿桥是苏州城东郊的一座古纤桥。仁寿桥始建于明成化元年(1465)，原名王店桥。嘉靖七年(1528)重修，因桥附近有著名的仁寿庵，重修时更名为仁寿桥，桥下所跨的河港亦名仁寿港。桥单孔石拱，花岗岩结构，宽3米，跨度12米，两侧石栏，间以望柱，桥体坚固，造型美观，至今保存尚好。桥上原有四只石狮，栩栩如生，桥堍原立有石碑一方，上镌"南无阿弥陀佛"，现石狮与石碑均已不存。

[二] 夷陵：唯亭古称。

[三] 百业昌：联中记录了唯亭镇往日的繁华。仁寿桥两堍延伸有三里长街，曾有店铺280余家，百业昌盛。

广德桥联[一]

夷亭阁影莲花洁；[二]
梵刹钟声贝叶香。[三]

——刘达之

注释：

[一] 广德桥；位于唯亭重元寺大门口。重元寺，唐代古寺，后毁，近年重建，规模宏伟，广德桥亦同时重建。广德桥为单孔石拱桥，花岗岩结构，建造精美。

[二] 夷亭阁影莲花洁：指唯亭新建的重元寺，内有高大的观音像和莲

花座，为室内观音像之最。

［三］ 梵刹：指重元寺。贝叶：贝叶树的叶。贝叶树，也叫贝多，常绿乔木，茎上有环纹，叶大，掌状羽形分裂，可以作扇，也可以用来写字。古时，常用贝叶来书写佛经经文。

（二）吴江市

垂虹桥联[一]

一

云头艳艳开金饼；[二]
水面沉沉卧彩虹。

——苏舜钦[三]

二

八十丈虹晴卧影；
一千顷玉碧无瑕。

——杨杰[四]

三

插天螮蝀玉腰阔；[五]
跨海鲸鲵金背高。[六]

——郑獬[七]

四

八十丈虹晴卧影；
万千年浪直冲湖。

——集宋人杨杰、明人杜庠诗句

注释：

［一］ 垂虹桥：原名利往桥，俗名长桥，位于松陵镇东。始建于宋庆历八年（1048），为石墩木桥。元泰定二年（1325）改建为连拱石桥，设 62 孔。明成化十七年（1481）扩建为 72 孔。桥中部有三孔凸起，用以行舟。桥两堍

建“汇泽”、“底定”二亭，并各镇以石狮一对。桥心亭额曰“垂虹”。远望此桥，“环如半月，长若垂虹”，故名。垂虹桥壮丽秀美，独步江南。民国四年(1915)重修。1967年5月2日，因年久失修，突然塌毁，现尚存两端共20余孔。2006年，垂虹桥遗迹被列为江苏省文物保护单位。四副桥联中，前三联被称为吴江“长桥三名联”。此三联均为后人在三位诗人所作律诗中摘句而成，第四联是民国四年(1915)重修垂虹桥时，集宋人杨杰和明人杜庠诗句镌刻于楹柱上的集句联。

［二］ 金饼：指太阳。

［三］ 苏舜钦(1008—1049)：字子美，绵州(今四川绵阳)人。宋景祐进士。曾寓居苏州沧浪亭。工诗文，甚为欧阳修器重。有《苏学士文集》。

［四］ 杨杰：生卒年不详，宋代诗人。诗风清新，擅长律句，有《舟泊长桥》等诗传世，诗中所言“长桥”即指吴江垂虹桥。

［五］ 螮蝀：虹的别称。

［六］ 鲸鲵：指鲸鱼，雄曰鲸，雌曰鲵。此句意指长桥卧波，犹如鲸背露出水面。

［七］ 郑獬(1022—1072)：字毅夫，安州安陆(今属湖北)人。宋皇祐进士第一。知荆南、杭州，提举鸿庆宫。工诗，有《郧溪集》。

北七星桥联[一]

一

一泓清水，近连笠泽；

九里石塘，远接京杭。[二]

——陈志强[三]

二

碧浪跃白鲈，直令季鹰辞主返；

金风送斜日，但教尧佐系舟留。[四]

——陈志强

三

轻拂水北三江薄雾；[五]

畅饮桥南四品甘泉。[六]

——陈志强

四

水往月中流，灌浇两岸蚕桑地；

人从虹上走，吟唱一方鱼米乡。

——陈志强

注释：

［一］ 北七星桥：位于松陵镇南，北望三江桥，南接南七星桥。此桥为运河古纤道中的一座纤桥，原为平桥，因年久失修，2000年改建为三孔石拱桥，雄伟壮观。现为江苏省文物保护单位。

［二］ 九里石塘：北七星桥两堍联接的大运河纤道，是吴江通往浙江嘉兴的重要塘路。全塘路分为五段，自松陵镇观澜桥至彻浦桥北三里处，为大运河驳岸，称为石塘，长约九里，故又名九里石塘。九里石塘始修于唐元和十五年(820)，宋庆历八年(1048)增石修筑，元至正六年至七年(1346—1347)又以巨石加固，建成后成为江南古塘路之最，故又名至正石塘。

［三］ 陈志强：1951年生，江苏吴江人。中国楹联学会会员，苏州楹联研究会副会长，工诗文、楹联。著有《吴江胜迹》等。

［四］ 尧佐系舟留：宋代龙图阁直学士陈尧佐曾乘舟途经吴江，徘徊不忍离去，并作《吴江》诗云："平波渺渺烟苍苍，菰蒲才熟杨柳黄。扁舟系岸不忍去，秋风斜日鲈鱼乡。"

［五］ 三江：泛指吴江北面的江河，如吴淞江、瓜泾港、大窑港等，亦特指北七星桥之北的古桥三江桥。

［六］ 四品甘泉：据传在北七星桥之南，唐时有一泉，其水甘清，喷涌不绝。茶圣陆羽慕名而来品之，评为"天下四品甘泉"。

泰安桥联[一]

一

近傍城隅通笠泽；[二]

远连淞水隔垂虹。[三]

——佚名

二

雉堞重新开泰宇；

□□□□□□□。

——佚名

注释：

[一] 泰安桥：又名新桥，位于松陵镇南盛家厍，东西向跨新桥河。单孔石拱，花岗岩构造。桥长18.7米，中宽3.23米，净跨6.3米，矢高3.3米，两堍各有分向石级踏跺。始建年代不详，现桥为清光绪十八年(1892)重建。现为苏州市控制保护建筑。

[二] 城隅：指附近的吴江县城，松陵镇为历代吴江县治所在地。

[三] 淞水：指吴淞江。吴淞江古称松江、松陵江，其下游又名苏州河，流经上海汇入黄浦江，全长125千米。垂虹：指垂虹桥。

太平桥联[一]

千家城廓蚕桑地；

万顷烟波鱼米乡。

——佚名

注释：

[一] 太平桥：位于松陵镇南盛家厍南侧，东西向跨穿心河。单孔石

拱，除券石和金刚墙为青石外，其余石材均为花岗岩。桥长 11.4 米，中宽 1.92 米，净跨 3.92 米，矢高 2.28 米。始建年代无考，后于清光绪十八年(1892)重建，现已改为单孔梁式平桥。

虹桥联[一]

春日几家还放鸭；[二]
秋风何处不思莼。

——佚名

注释：

［一］ 虹桥：位于松陵镇南盛家厍，又名红桥，东西向跨新桥河。梁式三孔，现桥为民国十九年(1930)所建，近年又进行了修复。现为苏州市控制保护建筑。

［二］ 放鸭：据载垂虹桥畔原有鸭漪亭，相传为唐代诗人陆龟蒙饲鸭处。

浮玉洲桥联[一]

一

十里波光连宝带；[二]
一弯月影映垂虹。[三]

——佚名

二

三吴文人题柱客；
五湖蓑笠钓鱼船。

——佚名

注释：

［一］ 浮玉洲桥：位于松陵三里桥东南。三孔石拱。始建于明万历年

间(1573—1620),清顺治十三年(1656)重建,嘉庆五年(1800)、同治十二年(1873)再修。桥今已不存。

[二] 宝带:指位于此桥之北不远的宝带桥。

[三] 垂虹:指邻近的垂虹桥。

聚龙桥联[一]

一

文澜高壮银河色;

虹势遥映玉殿光。

——佚名

二

安梁累世朝金阙;

凝秀千年映彩霞。

——佚名

注释:

[一] 聚龙桥:位于松陵镇西南的南厍村,原名永隆桥。南厍原位于太湖边,南厍港穿村而过,聚龙桥南北向浮卧于南厍港上。桥始建于明万历五年(1577),清康熙、嘉庆年间均重修。单孔石拱,桥长 14 米,中宽 2.3 米,净跨 4.5 米,矢高 3 米,金刚墙上有碑,记载建桥情况。现为苏州市控制保护建筑。

泰和桥联[一]

一

天泰地泰三阳泰;[二]

人和家和万事和。[三]

——方流洪[四]

二

人间天堂天净天丽；

江南水乡水清水灵。

——方流洪

注释：

［一］ 泰和桥：位于松陵镇中山北路北端，单孔石梁式平桥，1995 年改建。

［二］ 三阳泰：由成语“三阳开泰”化来，寓意吉祥。

［三］ 第一联为嵌名联，在上下联的第二、四、七字分别三次嵌入桥名“泰和”，是所谓“燕颔格”、“蜂腰格”及“雁足格”。

［四］ 方流洪：江苏吴江人，文化人士。

富贵桥联[一]

一

河畔华绸压魏紫；

桥头锦缎胜姚黄。[二]

——陈志强

二

富洒革故雨；

贵扬鼎新风。[三]

——戴力行[四]

注释：

［一］ 富贵桥：位于松陵镇南吴江公园内东侧，单孔石拱桥。吴江公园内建有“富贵”、“平安”和“长寿”三座造型各异的石桥，桥上望柱、栏杆及收头石，造型别致，十分美观。三桥均建于 20 世纪 90 年代。

［二］ 魏紫、姚黄：均为洛阳牡丹花中的名品。魏紫，又称千叶肉红牡

丹,出于宋代洛阳魏仁溥家。姚黄,又称千叶黄花牡丹,出于宋代洛阳姚家。牡丹历来被称为富贵之花,魏紫、姚黄,亦被后人用以指代名贵花卉。华绸、锦缎:均为吴江名贵丝绸特产。

［三］ 第二联为嵌名联。上下联首字嵌“富贵”桥名,是所谓“鹤顶格”。

［四］ 戴力行:江苏吴江人,文化人士。

平安桥联[一]

一

祥开彩虹千秋瑞;

喜溢乾坤万户宁。

——佚名

二

平步青云里;

安然紫气中。[二]

——骆黎明[三]

注释:

［一］ 平安桥:吴江公园左侧碧水上的三桥之一,位于富贵桥西侧。

［二］ 第二联为鹤顶格嵌字联,将“平安”桥名嵌入上下联的首字。

［三］ 骆黎明:江苏吴江人。能诗词,擅长编剧、楹联、书法等。

长寿桥联[一]

一

松陵绿黛鹤千岁;

笠泽波清龟万年。

——戴力行[二]

二

志大天地远；

心宽日月长。

——佚名

注释：

[一] 长寿桥：吴江公园左侧碧水上的三桥之一，位于平安桥西侧。

[二] 戴力行：江苏吴江人，文化人士。

永宁桥联[一]

一

地位中央严锁钥；

波光上下架虹霓。[二]

——佚名

二

近通笠泽滦元气；

遥接吴山毓秀灵。[三]

——佚名

注释：

[一] 永宁桥：位于松陵镇南厍村。南北走向，单孔石拱。始建年代无考，现桥为民国二十三年(1934)重建。现为苏州市控制保护建筑。

[二] 虹霓：虹为阳光射入天空中的水滴后，经折射、反射、衍射而在雨幕或雾幕上形成的彩色或白色圆弧。常见有主虹与副虹两种，副虹特称霓。

[三] 吴山：指临近吴江的苏州西南之七子山。七子山之南端，古称吴山头。

宁境桥联[一]

万顷波涛来朝会；
一谼吞吐奠明堂。[二]

——佚名

注释：

[一] 宁境桥：位于松陵镇南厍村，又称东城隍庙桥。始建年代无考，民国三十四年(1945)曾重建，原桥今已不存，被改建成钢筋水泥平桥。

[二] 谼(hóng)：大谷。苏东坡《开先漱玉亭》诗："余流滑无声，快泻双石谼。"明堂：墓前的祭台，也称为券台。

无名桥联[一]

南近孝母坟，天高地厚；
西来太湖水，源远流长。

——佚名

注释：

[一] 无名桥：位于松陵镇西之石里村，又称孝母桥。始建年代无考。据传附近有孝母坟，桥为纪念明代太仆寺卿吴璋千里寻母，历经千辛万苦，携母骸归葬故里之孝举而建，故名。

联源桥联[一]

共庆梁成，时维四月；
群欣国寿，号合千秋。

——佚名

注释：

[一] 联源桥：位于松陵镇南的八坼社区，南北向跨南港河。始建年代无考，现桥为清同治十三年(1874)重建。花岗岩质地，桥长 21.5 米，中宽 2.9 米，跨度 6 米。望柱两对，栏石上镌刻缠枝牡丹，精美逼真，十分珍贵。现为苏州市文物保护单位。

鹤亭桥联[一]

桥边柳色邀明月；
池中荷香迎清风。

——佚名

注释：

[一] 鹤亭桥：位于松陵镇东郊新建的古典式园林静思园内，建于 1993 年。三孔石拱，花岗岩构砌，桥上有三亭，连结成桥廊。桥形高大宏伟，建筑精美，为静思园内的重要景点。

太平桥联[一]

永济太平南北路；
落成嘉庆廿三年。[二]

——佚名

注释：

[一] 太平桥：同里镇内的太平桥、吉利桥、长庆桥三桥，被当地居民视为吉祥之物，通称同里三桥。旧时居民嫁娶，必定在锣鼓声中抬着花轿走此三桥，俗称“走三桥”。老人 66 岁诞辰，也要在吃过寿面后去“走三桥”，以祈吉利太平。三桥分跨两河三街，彼此环顾，相映成趣。太平桥跨东柳、漆字二圩，始建年代无考，清乾隆十二年(1747)重建，嘉庆二十三年(1818)重修，光绪二十六年(1900)又重修。单孔梁式平桥，花岗岩构筑，桥长 12.14 米，

中宽 2.05 米，跨度 3.4 米，造型美观。现为苏州市文物保护单位。

［二］ 联中嵌入"太平"桥名。同时，太平也是历史上帝王的年号，可与清仁宗颙琰的年号嘉庆相对。

吉利桥联[一]

一

浅渚波光云影；[二]

小桥流水江村。

——钱太初[三]

二

吉利桥横形半月；

太平梁峙映双虹。[四]

——钱太初

注释：

［一］ 吉利桥：同里三桥之一，位于太平桥东南、长庆桥西南。始建年代无考，清乾隆十一年(1746)重修，四十八年(1783)又重建。1988 年再修。桥为单孔石拱，呈半月形。现为苏州市文物保护单位。

［二］ 浅渚：渚，指水中间的小块陆地。同里镇四周湖泊众多，镇内河流纵横，十五条大小河流，将全镇分割成七个浅渚，如七片荷叶飘浮在水面上，五十余座造型各异的桥梁将它们串接起来，波光云影，小桥流水，一派水乡风光。

［三］ 钱太初(1906—2003)：江苏吴江人。中国书法家协会顾问，工篆书、行楷。

［四］ 第二联概括了三桥形观，吉利桥与长庆桥均为拱桥，形若半月，平梁式的太平桥映着吉利和长庆两座形如彩虹的拱形桥。

长庆桥联[一]

共解囊金成利济；
好留柱石待标题。
——佚名

注释：

[一] 长庆桥：旧名福建桥，又名广利桥，俗名谢家桥(此名镌刻于拱桥顶部的桥名石上)，传说此桥由谢家捐款所建。南北向跨南旗杆河。单孔石拱，始建年代无考，明成化年间(1465—1487)改建，清康熙三十九年(1700)重建，同治十二年(1873)又重修。花岗岩构砌，桥长12.47米，中宽1.89米，跨度5米。现为苏州市文物保护单位。

普安桥联[一]

一

一泓月色含规影；[二]
两岸书声接榜歌。[三]
——佚名

二

古塔摇红迎旭彩；[四]
罗星晕碧锁溪光。[五]
——佚名

注释：

[一] 普安桥：又名东溪桥、读书桥，南北向跨后港。花岗岩构砌，单孔石拱。始建于明洪武二年(1369)，正德元年(1506)重建。现桥为清道光三十年(1850)重建。长21.15米，宽2.5米，拱圈跨径7米，矢高3.62米。有

望柱四对，桥形古朴美观，典雅秀丽。现为苏州市控制保护建筑。

［二］ 规影：规，即圆。规影，指桥洞与水面倒影所成之圆形。

［三］ 书声：指同里历来盛行读书之风，因而出现了许多名人志士。同里自宋至清嘉庆十五年(1810)，出状元1名，进士38名，举人80名。清中叶至民国时期，在政治、经济、文化诸领域名人辈出。榜歌：古时摇船称榜，驾船人称榜人。榜歌，即舟人之歌。唐孟浩然《夜泊牛渚趁薛八船不及》诗："榜歌空里失，船火望中疑。"

［四］ 古塔：据《同里志》卷四，普安桥附近有古红塔，今已不存。

［五］ 罗星：指同里湖中的罗星洲。洲上有古刹观音寺及文昌阁，文物众多，景色秀丽。

渡船桥联[一]

一

春入船唇流水绿；[二]

人归渡口夕阳红。

——佚名

二

一线晴光通越水；

半帆寒影带吴歌。[三]

——佚名

注释：

［一］ 渡船桥：又名西津桥。据传此处原无桥，有厚道老船工以摆渡为生。一次有京官过此，听说老人无后，遂赠金以备老人之需，船工将此金连同自己的积蓄用以建桥，桥成，名渡船。原桥单孔石拱，始建年代无考，明、清时多次重修，现已不存。

［二］ 船唇：指船边。

［三］ 第二联中的"越水"、"吴歌"，指此桥所在为吴越之地。

饮马桥联[一]

一

桥头玉马闲饮水；
河上鸬鹚忙捕鱼。[二]

——钱国良[三]

二

月映清波静；
风拂疏柳低。

——佚名

注释：

［一］ 饮马桥：位于同里普安桥与富观桥之间。原为拱桥，花岗岩构砌，始建于明洪武年间(1368—1398)，由里人陆仲和建。清代数次重建，清末桥圮毁。现桥为梁式平桥，系近年重建。

［二］ 鸬鹚：又称鱼鹰，善捕鱼。

［三］ 钱国良：江苏苏州人。中国音乐文学学会会员、苏州市音乐文学学会会长。

中川桥联[一]

商楫往来皆倍利；
农耕万物永丰登。

——佚名

注释：

［一］ 中川桥：西临泰来桥，南北走向，始建年代无考。桥北堍往东即为同里著名街道明清街。

升平桥联[一]

南抵茶楼闻箫瑟；[二]
北去书院看评弹。
——钱国良

注释：

［一］ 升平桥：位于同里镇中部泰来桥附近。始建年代无考，明正统十三年(1448)重建，清康熙四十四年(1705)又重修，后毁。现桥为1997年重建。

［二］ 茶楼：指升平桥南侧的同里著名茶楼——南园茶楼，茶楼内丝竹之音频传。

泰来桥联[一]

一

垂天蝃蝀通兰鹢；[二]
夹岸楼台护玉龙。[三]
——佚名

二

题柱客从云表度；[四]
涉川人向镜中来。
——佚名

注释：

［一］ 泰来桥：位于同里镇中部。始建年代无考，清乾隆十一年(1746)改木桥为石桥，道光二十年(1840)又重建。梁式单孔，近年来又在桥上建三座凉亭及凭栏，桥形高大雄伟，十分壮观。现为苏州市控制保护建筑。

［二］ 兰鹢：指通过泰来桥下之船只。

［三］ 玉龙：指流经泰来桥下之流水。

［四］ 云表：指云外。

得春桥联[一]

入市怀耕乐；[二]

登高当退思。[三]

——倪平[四]

注释：

［一］ 得春桥：位于同里退思园之西北。始建年代无考，明天顺、成化年间(1457—1487)重修，清康熙四十四年(1705)、乾隆二十四年(1759)均重修。后毁。现桥为近年来重建，为梁式单孔石桥。

［二］ 耕乐：躬耕之乐。同里镇内建有耕乐堂，为明代处士朱祥所建，朱祥号耕乐。

［三］ 退思：退而思过之意。同里镇内有退思园，建于清光绪十一年(1885)。

［四］ 倪平：江苏吴江人，文化人士。

中元桥联[一]

中流锁钥通津渡；

元气潆洄积庆祥。[二]

——佚名

注释：

［一］ 中元桥：桥在同里镇内，东西向横跨放生河。梁式二孔，花岗岩构砌。始建年代无考，清乾隆十八年(1753)建石桥以代原来的木桥，嘉庆十八年(1813)重修。桥长 21.2 米，中宽2.55米，中孔跨度 6.4 米。桥名中元，

系指桥在河流之中段。

［二］ 本联为嵌名联，将桥名“中元”嵌入上下联首字，是所谓“鹤顶格”。

永寿桥联[一]

南连叶泽渔歌晚；[二]
西接庞湖塔影浮。[三]

——佚名

注释：

［一］ 永寿桥：位于同里镇栅桥村，故又称栅桥。拱形单孔。始建年代无考，现桥为清光绪五年(1879)重建。现为苏州市控制保护建筑。

［二］ 叶泽：湖名，在同里镇附近。

［三］ 庞湖：湖名，又名庞山湖，在同里镇附近，与叶泽等五湖环抱同里镇。

普济桥联[一]

淞水东流通叶泽；
吴山西映接松陵。[二]

——佚名

注释：

［一］ 普济桥：位于同里镇叶明村，俗称方尖桥。拱形单孔。始建年代无考，清光绪十八年(1892)重建，今已不存。

［二］ 淞水、吴山：淞水，指吴淞江；吴山，指桥西苏州的吴山头。

登云桥联[一]

一

气凌霄汉山河壮；
路贯杭闽烟树浓。

——佚名

二

龙光远映千门色；
虹影高涵万户春。

——佚名

注释：

［一］　登云桥：位于芦墟南栅西南街，东西向跨市河。清康熙年间(1662—1722)建，嘉庆二年(1797)重建。拱形单孔石桥，花岗岩构砌，桥面石刻有风涡、八宝纹图案。长22.4米，中宽2.8米，净跨7.24米，矢高3.65米。现保存完好。

嘉泰桥联[一]

虹腰环水南联市；[二]
雁齿排云北顾村。[三]

——佚名

注释：

［一］　嘉泰桥：位于芦墟芦北村，东西向跨武陵溪，接亦字、承字二圩。始建于南宋嘉泰元年(1201)，故名。明、清时多次重建，现桥为光绪十七年(1891)重修。桥用青石、花岗岩混合构砌，拱形单孔，外形秀美。桥长18.1米，宽2.75米，净跨5.1米，矢高3.5米，东西坡踏步各14级，拱顶两侧的

桥名石上均刻“嘉泰”额。桥的一侧楹柱上刻本联，另一侧楹柱上刻款识“光绪十七年十二月十二日”、“里人募众善姓捐助重建”。现为苏州市控制保护建筑。

［二］ 市：指芦墟镇市镇。

［三］ 北顾村：因南朝顾野王之子安饶、安文居于此，故名。今名北芦墟。

金缆桥联[一]

一

十里湖光收眼底；

百年画卷记心中。

——佚名

二

沐浴晨曦勤锻炼；

留连夕照乐逍遥。

——佚名

注释：

［一］ 金缆桥：位于芦墟汾湖滩的汾湖公园内，拱形单孔石桥，花岗岩构砌，建于1984年。

里仁桥联[一]

一

春见一江芳草色；

秋闻万户桔槔声。[二]

——佚名

二

舟行南北千金获；

人馌东西五谷登。[三]

——佚名

注释：

[一] 里仁桥：位于芦墟莘塔社区，又名德庆桥，东西向跨市河，两堍接街楼。始建年代无考，清代数次重修。现桥为民国十八年(1929)重修，梁式单孔。现为苏州市控制保护建筑。

[二] 桔槔：一种利用杠杆原理的原始汲水工具，春秋时期已有应用，最早记载见于《庄子》。

[三] 馌：给在田耕作的人送饭。《诗经·豳风·七月》："馌彼南亩。"

胜秀桥联[一]

一

古佛池边，众生普渡；

太平庄上，君子悠行。[二]

——佚名

二

鱼虾足游钓；

风月细平章。

——佚名

注释：

[一] 胜秀桥：位于北厍港上村，又名来秀桥，南北向跨大胜港。始建年代无考，清乾隆八年(1743)重修，道光二十二年(1842)僧觉修又募捐重建。拱形单孔，除桥面石级和两条系石为花岗岩外，余为青石构砌，长15.5米，中宽2.9米，净跨6.1米，矢高3.2米。桥西两百余米处即为诗人柳亚子故居遗址。桥现为苏州市控制保护建筑。

［二］ 第一联下联，指由桥南行即至太平庄。

青龙桥联[一]

一

物华天宝日；

人杰地灵时。[二]

——佚名

二

长虹高挂千门月；

巨锁遥连万顷云。

——佚名

注释：

［一］ 青龙桥：位于黎里平楼街，旧名际恩桥，又名相家桥，南北向跨黎里市河。初建于明成化十八年（1482），清乾隆十八年（1753）重建，现桥为道光二十九年（1849）重建。拱形单孔，花岗岩构砌，长 15.05 米，中宽 2.65 米，净跨 5.8 米，矢高 3.02 米。千斤石上和主拱券内壁装饰青龙浮雕，长系石端部镌刻龙头。桥身至今完好，雕刻清晰。现为苏州市文物保护单位。

［二］ 第一联内容，对黎里天时地利和人文物产的描述十分贴切。黎里为著名的鱼米之乡，物产丰富，人文荟萃，人才辈出，历史上共出过进士 26 人，举人 61 人，近代涌现了多位杰出人物。

清风桥联[一]

一

清秀一川星可望；

风高千古月分明。[二]

——佚名

二

庚午重建悦新盛；
仲秋载造乐丰盈。[三]

——佚名

注释：

[一] 清风桥：位于黎里北梨花街，古名普宁桥，一名青枫桥，又名新丰桥、香宁桥，南北向跨黎里市河。始建无考，明嘉靖十六年(1537)重建，清光绪十一年(1885)重修，现桥为民国十九年(1930)重建，梁式三孔。现桥与市河驳岸一并被列为苏州市文物保护单位。

[二] 第一联以鹤顶格嵌“清风”桥名。

[三] 庚午：指民国十九年(1930)，岁次庚午。仲秋：指民国十九年(1930)夏历八月，桥重建竣工。第二联以凫胫格嵌“新丰”桥名。联中的“载”通“再”。

迎祥桥联[一]

一

东西迎接川流水；[二]
南北常通行旅人。

——佚名

二

日色照临迎百福；
风光会合集千祥。

——佚名

注释：

[一] 迎祥桥：位于黎里平楼街西端，又名汝家桥，南北向跨黎里市河。汝氏为黎里大族，其始祖汝尚质(1276—1364)于宋末元初从江西来

吴地为子孙后代卜居安身之处。经过黎里时，看到此地物产丰富，人文和谐，大喜曰："所谓源远流长者，此也，我可家焉，以启子孙矣。"最后举家定居黎里。汝尚质先祖系河南汝宁府望族，两宋之际，被汝氏尊为月潭公的汝德远护驾南渡，后寓居江西。至明正统五年(1440)，汝家在黎里已繁衍至第五代。汝家人财两旺，善举颇多，建迎祥桥为其一。桥始建于明正统六年(1441)，桥成后，方便了千家万户，里人称此桥为汝家桥。据载，自桥建成后，汝家出了4名进士，5名举人和多名秀才。清同治八年(1869)，又有汝氏族人出资重建此桥。汝家桥的建设，彰显了汝氏一族的文化教养，也道出了黎里的繁盛和文化传承。现桥三孔，平梁式，桥身花岗岩构砌，桥栏砖砌，长14.05米，中宽2.23米，中孔跨度4.7米，两侧孔跨度1.85米，桥两堍设双落坡，落坡石阶10级。现为苏州市文物保护单位。

［二］ 川流水：指黎里东西流向的市河。现存市河长约1.5千米，两岸绿树成荫，商号相接，且多为明清建筑，凸显了水乡古镇风光。

秋禊桥亭联[一]

远眺千里沃野，草木返青；

近望九曲禊水，云霞染红。

——佚名

注释：

［一］ 秋禊桥：黎里有禊湖，湖之南面水中央筑有城隍庙，湖上架一桥，东西向，即秋禊桥，俗称屐咯桥。桥始建于清雍正十三年(1735)，民国二十二年(1933)重建，三孔平梁，花岗岩构砌，桥长19.55米，中宽1.86米。桥面两侧石梁间架长方形石板，人行其上，发出"屐咯"之声。桥堍建一护桥亭，亭柱悬此联。现秋禊桥与护桥亭均已不存。

万隆桥联[一]

一

越角吴根云横跨；[二]
左萦右带水交流。

——佚名

二

水流直达黎兼盛；[三]
界划始分浙与苏。

——佚名

注释：

[一] 万隆桥：位于黎里黎泾村，又称史家石桥。始建年代无考，清嘉庆十年(1805)重建，民国二十四年(1935)又重建，梁式单孔。现为苏州市控制保护建筑。

[二] 越角吴根：指吴、越相交之地。因黎里邻浙江嘉兴，故名。

[三] 黎兼盛：黎指黎里，盛指邻近的名镇盛泽。

太平桥联[一]

西北珠渊涵福地；[二]
东南宝阁峙文峰。[三]

——佚名

注释：

[一] 太平桥：位于黎里。始建年代无考，明嘉靖十四年(1535)重建，拱形单孔。现已改为钢筋水泥双曲拱桥。

[二] 珠渊：指附近的积珠潭水域。

［三］ 宝阁：指附近的中元阁，又称八角亭，为黎里的重要名胜，现已不存。

揽桥联[一]

南侧联：

一

一泓碧水，波穿玉蝀十三拱；[二]
两岸绿杨，枝映黎川千万家。[三]

——佚名

二

昔日溉翁逢阻叹；[四]
今朝嘉客过虹欢。

——佚名

北侧联：

一

揽胜桥边，夙昔广传蛇鹤事；[五]
梨花村里，如今喜迓乐游人。

——佚名

二

高阁临风吹玉树；
揽桥积雪映蓬门。[六]

——佚名

注释：

［一］ 揽桥：位于黎里，东西向跨揽桥荡。始建于清代，有十三拱。

［二］ 玉蝀：虹名蝃蝀，因而常以虹喻桥。玉蝀，此处指揽桥。

［三］ 黎川：黎里的别名。

［四］ 溉翁逢阻叹：清中叶黎里名士、诗人叶树枚（1767—1824），字云裁，又字条生，号改吟，晚号溉翁，著有《改吟斋诗》、《改吟斋集》等。据记载，其某次走访友人翰林院待诏徐达源后回家时，途中受阻于揽桥，即赋诗感叹，诗云："此是家乡非客里，风波也受一宵愁。"

［五］ 蛇鹤事：当地曾流传一故事，称黎里居民沿黎里市河而居，地形如蛇，而位于黎里东部的芦墟地形像鹤，为保两地人民平安，黎里造揽桥，比喻弓，并在桥西建中立阁，比喻箭，以使鹤不敢鸣，蛇不敢游。

［六］ 蓬门：指百姓人家。黎里风光秀丽，古时有"八景"之说，八景之一为"揽桥残雪"。

梅兰桥联[一]

一

新建设，遥瞻揽盛；[二]

利交通，近接南星。[三]

——佚名

二

万人屐响，功比慈航普渡；

两岸钩连，德存众口成碑。

——佚名

注释：

［一］ 梅兰桥：位于黎里九成湾，南北走向，石桥。桥为民国二十年（1931）当地商人金梅钦出资所建，落成时，金梅钦拟名桥为金梅兰桥，其中"兰"字为金妻名中一字。虽桥联将建桥比作"慈航普渡"，但金氏平时多有不仁之举，桥名中含"金"字，引起民众不满。金梅钦于是被迫去掉"金"字，废弃已刻好的桥名石，新刻桥名石，作"梅兰桥"。桥于1951年前后改建，废此桥联，并将原废弃的桥名石打成两段，成为"金梅"、"兰桥"，倒置嵌在南侧的桥基上，至今犹存。

［二］ 揽盛：指揽桥，当地桥名，位于梅兰桥之东，传为黎里八景之一。

［三］　南星：当地桥名，位于九成湾上。始建于民国十八年（1929），由商人诸葛储南和汪星伯出资修建，桥名取二人名中各一字，为“南星”。

东林桥联[一]

一

浩渺波光涵笠泽，
参差帆影接莺湖。[二]

——佚名

二

□□□□□□□；
会看风晨集估帆。[三]

——佚名

注释：

［一］　东林桥：位于平望镇西北溪港村，东西向跨溪港。桥畔曾有东林祠，故名。始建于元代，后被大水冲毁。明嘉靖年间（1522—1566）、清顺治三年（1646）两次重建，嘉庆三年（1798）又重建。拱形单孔，花岗岩构砌，长12米，中宽2.18米，净跨4.4米，矢高3米。现为苏州市文物保护单位。

［二］　莺湖：指平望莺斗湖，又名莺脰湖，为一风景名胜。

［三］　估帆：指商船。

南青龙桥联[一]

一

上利行人，下通舟楫；
南邻分水，北接平波。[二]

——佚名

二

仗我佛慈悲，渡登彼岸；[三]

看神龙蜕化，利涉大川。

——佚名

注释：

[一] 南青龙桥：位于平望莺脰湖南岸之小圩村，东西向跨青龙港。始建年代无考，现桥为民国十五年(1926)重建，梁式单孔。

[二] 平波：莺脰湖中有小岛，上有平波台，为一风景名胜区。此台由明末著名道人周妙圆于天启六年(1626)修建，后一度荒废。清康熙时，建元真子祠，祀唐高士张志和。之后又募建佛殿楼宇，平波台再度兴盛，香客云集，游人如织。

[三] 渡登彼岸：佛家用语，指佛教宗旨为慈航普渡，使众生到达理想彼岸。此处也有实指，即走过南青龙桥，到达河之彼岸。

大庆桥联[一]

水通笠泽波光远；

地接枫江秀气多。[二]

——佚名

注释：

[一] 大庆桥：位于平望镇西北溪港村，又名韭溪桥，南北向跨溪港。始建年代无考，现桥为民国十一年(1922)由商界募资重建。拱形单孔，花岗岩构砌，长 12.76 米，中宽 2.1 米，净跨 4.29 米，矢高 2.9 米。现为苏州市控制保护建筑。

[二] 枫江：吴江的别称。

通安桥联[一]

□□□□□□□；

彩虹影接画眉春。[二]

——佚名

注释：

[一]　通安桥：位于平望镇北，又名南大桥、南渡桥，东西向横跨京杭大运河。桥今已不存。

[二]　画眉：民间传说，建通安桥时，“桥初成，藏一石画眉于内，舟有画眉经其下者辄无声，知者携笼从岸而过”。

太平桥联[一]

一

凿开云路通三峡；

不放春光下五湖。[二]

——佚名

二

明月清风环落照；

太平安乐两芬芳。[三]

——佚名

注释：

[一]　太平桥：位于平望镇梅堰社区平安村。始建年代无考，现桥为民国六年(1917)重建，拱形单孔。现为苏州市控制保护建筑。

[二]　第一联中的“三峡”指长江三峡；“五湖”指今太湖流域的主要湖泊，自古以来有“三江五湖”之称。联谓太平桥一带湖泊壮观，四通

八达。

［三］ 第二联中的下联中嵌入“太平”桥名和“平安”村名，因此有“两芬芳”之语。

通政桥联[一]

一

南北原通径；
东西任去留。

——佚名

二

便行重万载；
通水利千秋。

——佚名

注释：

［一］ 通政桥：位于平望镇梅堰社区龙北村，又称新庙桥，南北向跨朱家港。始建年代无考，清光绪三十三年(1907)重建。拱形单孔，主要由花岗岩石材构砌，间有青石和武康石，长 13 米，中宽 2.2 米，净跨 3.35 米，矢高 2.22 米。现为苏州市控制保护建筑。

禹迹桥联[一]

一

善政惟因，不易大名仍禹迹；[二]
隆时特起，重恢古制值尧巡。[三]

——佚名

二

市近湖湄，骈肩无俟临流唤；[四]

地当浙委，绣壤应多题柱才。[五]

——佚名

注释：

[一] 禹迹桥：位于震泽镇东，南北向跨市河。相传大禹治水时曾留迹于此，清康熙五十四年(1715)，当地人士为纪念大禹治水的功绩而建并命名。现桥为乾隆四十四年(1779)重建，拱形单孔，除金刚墙为青石外，其余均由花岗岩石材构砌。全长 43.5 米，顶宽 4.3 米，南堍宽 6.2 米，净跨 10.45米，矢高 5.56 米。拱圈纵联分节并砌，北堍砌有东西两向的石级踏步。桥上题刻颇多。禹迹桥侧有著名的慈云寺塔，构成了“拱桥塔影”的古镇水乡景观。1986 年被列为吴江市文物保护单位，2012 年 9 月被列为苏州市文物保护单位。

[二] 因：沿袭之意。意指重建禹迹桥是沿袭以前的善政。

[三] 起：兴建之意。尧巡：古时帝尧曾巡视各地，此处将乾隆南巡比作尧巡。

[四] 湖湄：湄，指水边。此处指太湖边。无俟：无须等待。接前“骈肩”，形容即使人多也能畅通。

[五] 委：水之下游称委。浙委，此处有水道通浙江，为浙江来的水道苕溪之下游。

思范桥联[一]

一

苕水源来，阅尽兰桡桂楫；[二]

荻塘波泛，平分越尾吴头。[三]

——佚名

二

禹迹媲宏模，望里东西双月影；

蠡村怀古宅，泛来南北五湖船。[四]

——佚名

注释：

[一] 思范桥：位于震泽镇西，南北向跨市河（頔塘）。始建年代无考，元至正二十三年（1363）、明嘉靖十一年（1532）、清嘉庆二十四年（1819）先后重建。现桥为同治五年（1866）重建，花岗石构砌，拱形单孔，全长 34.2 米，中宽 4.2 米，净跨 10.3 米，矢高 5 米。相传因纪念越国大夫范蠡而建，故名。现为苏州市文物保护单位。

[二] 苕水：指苕溪，发自天目山，流经浙江北部，一支经人工疏浚后经湖州、震泽入平望莺脰湖，又称頔塘。兰桡桂楫：船桨的美称，也泛指过往船只。苏东坡《赤壁赋》有：“桂棹兮兰桨。”

[三] 荻塘：即頔塘，水承苕溪自浙江来，东北流入平望莺脰湖，全长近 60 千米。荻塘历史悠久，最早由晋太康年间（280—289）吴兴太守殷康主持开凿，旁溉田千顷，以地多芦荻而得名。唐贞元八年（792 年）于頔任湖州刺史，组织民力重修荻塘，“缮完堤防，疏凿畎浍，列树以表道，决水以溉田”，民颂其德，故名頔塘。越尾吴头：指江浙交界处。荻塘在江苏、浙江境内各约 30 千米，故称“平分”。

[四] 第二联上联，意指禹迹与思范二桥，均宏伟高大，且位于震泽镇东、西两侧，故有“媲宏模”与“双月影”之说。第二联下联，“蠡村”指范蠡曾隐居过的古村，传说范蠡曾泛舟五湖，故有“泛来南北五湖船”之句。

梅家桥联[一]

一

西浔东泽，从此连逶而过；[二]

方壶圆峤，如是仿佛相观。[三]

——佚名

二

梅桥高卧，以回水达两浙；

家村美盛，而后恩逮四方。[四]

——佚名

注释：

［一］ 梅家桥：位于震泽镇西南梅桥村，南北向跨梅家桥港。始建年代无考，现桥为清光绪二十六年(1900)重建，梁式三孔，花岗岩构砌，全长24.9米，中宽1.65米。现为苏州市控制保护建筑。

［二］ 西浔东泽：西浔，指西面的浙江南浔镇。东泽，指东北面的江苏震泽镇。

［三］ 方壶圆峤：方壶、圆峤，均为传说中海上神山之名。《列子·汤问》称渤海之东有圆峤、方壶、瀛洲、蓬莱、岱舆五神山。

［四］ 第二联为鹤顶格，上下联首字嵌入桥名“梅家”。

虹桥联[一]

一

波平柳岸长虹卧；

水绕渔村半月悬。[二]

——佚名

二

鸭头新涨湖光远；

雁齿斜连塔影横。[三]

——佚名

注释：

［一］ 虹桥：位于震泽镇北，东西向跨祠堂桥河。始建年代无考，清乾隆四十五年(1780)重建，光绪十八年(1892)再建，民国二十五年(1936)移今址重建。

拱形单孔，花岗岩构砌。全长24.54米，中宽3.18米，净跨6.2米，矢高3.25米。

〔二〕 半月：指虹桥如半月悬于空中。

〔三〕 塔影：指震泽慈云寺宝塔之影。

政安桥联[一]

一

鸠工修踵浮图后；[二]

鼍驾成逢赛会年。[三]

——佚名

二

塔望慈云图入画；

墩瞻分水柱留题。[四]

——佚名

三

西往东来，径通梅堰；

水回岸曲，断接荻塘。

——佚名

四

石渡塘凹，高瞻一塔；

□□□□，□□□□。

——佚名

注释：

〔一〕 政安桥：位于震泽镇东北勤幸村，又名张湾桥，东西向跨政安桥河。明洪武年间(1368—1398)初建，清道光十年(1830)、宣统三年(1911)两度重建。拱形单孔，花岗岩构砌。长11米，中宽2.4米，净跨3.65米，矢高3.08米。现为苏州市文物保护单位。

［二］ 鸠工:聚集众多的造桥工匠。浮图:又称浮屠,即佛塔。此处指震泽镇慈云寺之塔。

［三］ 鼍驾:鼍是一种爬行动物,即鼍龙,俗称猪婆龙。驾,旧称行船的艄公为驾长。鼍驾,指代桥。赛会:指吴江历史上规模最大的双杨庙会。此庙会源于政安桥附近的双杨村,始于清代,每十年举办一次,会期为农历三月,规模宏大,远近闻名。民国后期停办。

［四］ 分水:指政安桥附近的分水墩,墩上建有文昌阁,气势雄伟。

仁安桥联[一]

地跨柳塘垂万载;

路通梅堰利千秋。

——佚名

注释:

［一］ 仁安桥:位于震泽镇双阳村,又名沈安桥。始建年代无考,清乾隆四十五年(1780)、同治十三年(1873)分别重建。拱形单孔,花岗岩构砌。1985年拆毁。

怀后桥联[一]

一

普渡迷津,行人怀德;[二]

高擎砥柱,垂裕后来。[三]

——佚名

二

《书》纪徒杠,功资略□;[四]

《易》占利涉,路达康庄。[五]

——佚名

注释：

［一］ 怀后桥：位于震泽镇外倚村。始建年代无考，清光绪三十一年(1905)重建。梁式三孔。

［二］ 迷津：谓迷失津渡。亦有佛教中迷盲之意。

［三］ 第一联为嵌名联，上下联的倒数第二字嵌入桥名“怀后”。

［四］ 《书》：即《尚书》，儒家经典之一。徒杠：步行过桥。第二联上联末字已漫漶不清。

［五］ 《易》：即《易经》，又称《周易》，儒家经典之一。

聚宝塘桥联[一]

一

是丈夫，羞效长卿题柱；[二]

有名世，好留黄石授书。[三]

——佚名

二

维光绪二十八年重建；

凡糜钱千四百缗有奇。[四]

——佚名

注释：

［一］ 聚宝塘桥：位于震泽镇蠡泽村。始建年代无考，清光绪二十八年(1902)重建，梁式三孔。1987年拆毁。

［二］ 长卿：即西汉辞赋家司马相如。

［三］ 黄石：即传说中于桥下授张良兵书的黄石公，又称圯上老人。

［四］ 缗：指成串的钱，通常一千文为一缗。

万善桥联[一]

一

波心静浸一轮月；

舰首直冲万丈虹。

——佚名

二

江接吴淞，潆洄一曲；

地连苏浙，津逮万家。[二]

——佚名

注释：

［一］ 万善桥：位于横扇镇四都村，又称观音桥。始建年代无考，现桥为民国十七年(1928)重建。拱形单孔，花岗岩构砌。现为苏州市控制保护建筑。

［二］ 逮：通达。

邑宁桥联[一]

一

放鸭栏开春涨软；[二]

卖鱼网晒夕阳明。

——佚名

二

成梁正遇神仙诞；

题柱还期经济才。[三]

——佚名

注释：

［一］ 邑宁桥：位于横扇镇四都村，因桥北有施相公庙，故又名施相公桥，南北向跨庙前港。始建年代无考，现桥为清光绪十六年(1890)重建。拱形单孔，花岗岩构砌。长 18.5 米，中宽2.25米，净跨 5.7 米，矢高 3 米。现为苏州市文物保护单位。

［二］ 春涨：指春汛水涨。

［三］ 经济才：指经世济民之人才。

竹林桥联[一]

一

槎浮莫阻乡关去；[二]
龙卧疑从震泽来。[三]

——佚名

二

泽通南北安澜古；
梁跨东西利涉新。

——佚名

注释：

［一］ 竹林桥：位于横扇镇四都村。始建年代无考，清乾隆四十六年(1781)重建。拱形单孔石桥。现为苏州市控制保护建筑。

［二］ 槎浮：槎，用竹木编成的筏。槎浮，指行船。

［三］ 震泽：太湖的古称。

种德桥联[一]

一

浪息具区千尺水；[二]

工成民国七年春。

——佚名

二

东盈西重，地踏两圩成坦道；

南辕北辙，桥通一水便行踪。

——佚名

注释：

[一] 种德桥：位于横扇镇叶家港，东西走向。始建年代无考，现桥重建于民国七年(1918)。三孔梁式平桥，花岗岩构砌，中孔通船，两侧孔小，仅供泄水之用。长15.9米，中宽1.95米，高3.62米。现为苏州市控制保护建筑。

[二] 具区：太湖的古称。

小石桥联[一]

白日里千人拱手；[二]

夜晚间万家灯火。

——佚名

注释：

[一] 小石桥：位于横扇与菀坪交界处，曾为当地居民出入太湖的必经之桥。现桥已不存。

[二] 拱手：两手合抱致敬。船民行船摇橹，状同拱手。句谓白天来往

行船众多，交通繁忙。

甫里桥联[一]

万顷具区留禹迹；
陆家甫里忆唐贤。

——佚名

注释：

［一］ 甫里桥：位于庙港陆家港。陆家港，简称陆港，故甫里桥又称陆港桥。始建年代无考，今桥为清宣统三年（1911）重建。梁式单孔，花岗岩构砌。长 9 米，中宽 1.8 米。据传唐代诗人陆龟蒙（号甫里）曾隐居在此，遂名为甫里。

利济桥联[一]

一

白苹浦畔沿村路；[二]
绿树荫中卧石梁。

——佚名

二

湖山灵秀钟千古；
道路迂回架两堤。

——佚名

注释：

［一］ 利济桥：位于庙港节制闸村。始建年代尢考，现桥为民国二十九年（1940）重建。梁式单孔，花岗岩构砌。现为苏州市控制保护建筑。

［二］ 白萍：一种多年生浅水草本植物。

北盛桥联[一]

丙祚万年迎渡友;[二]
午湖千顷溢清光。
——佚名

注释:

[一] 北盛桥:位于庙港盛庄村。始建年代无考,今桥为清光绪三十二年(1906)重建。拱形单孔石桥。现为苏州市控制保护建筑。

[二] 丙祚:此联为嵌字联,用鹤顶格的形式嵌入桥梁建造年代"丙午"(1906)。祚,即福。丙祚,即丙午年造的桥可"万年迎渡友"。

张公桥联[一]

一

一溪烟水环虹影;
两岸人家尽钓徒。
——佚名

二

赤脚张三,威名震湖上;
劫富济贫,恩泽布四方。
——佚名

三

南来北往,舟楫通三州;[二]
安居乐业,百姓颂千秋。
——佚名

注释：

［一］ 张公桥：位于庙港盛庄村，东西向跨张家港。始建年代无考，现桥为民国二十三年(1934)重建。拱形单孔，花岗岩构砌。长13.4米，中宽2.33米，净跨4.15米，矢高2.3米。据传建桥是为缅怀明末抗清义军首领赤脚张三。现为苏州市控制保护建筑。

［二］ 三州：指环太湖的湖州、苏州、常州。

儒林塘桥联[一]

儒林东西分限界；
笠泽南北砥中流。[二]

——佚名

注释：

［一］ 儒林塘桥：位于庙港陆港村五界亭。宋嘉泰二年(1202)始建，明宣德十年(1435)、嘉靖三十年(1551)、民国三十五年(1946)均重建。梁式单孔，花岗岩构砌。现为苏州市控制保护建筑。

［二］ 上联嵌入“儒林”桥名，与下联首二字“笠泽”相对。儒林，指儒林里，自宋以降，文人辈出，为吴江之冠。清代，曾以五界亭河为界，河之两岸分属不同的行政区。

双塔桥联[一]

一

惟上上田，农桑兴大利；[二]
活泼泼地，兰若宛中央。[三]

——佚名

二

遥对莫厘峰,别饶胜景;[四]

滨临稽五漾,时听渔歌。[五]

——佚名

三

是吴中第一津梁,揽太湖三万六千顷;[六]

问劫后重修岁月,维光绪二十有七年。

——佚名

四

水从天目来源,导江入湖皆夏禹王力;[七]

塔跨桥头分峙,齐云曜日昉明洪武时。[八]

——佚名

注释:

[一] 双塔桥:位于七都镇双塔桥村,东西向跨稽五漾(一名金鱼漾),与八都北长村交界。原有两座三孔拱形石桥,名双石桥。两桥中有名刹浮碧庵。两桥东西两堍,原各自镇有石塔一座,故名双塔桥。桥始建于明洪武年间(1368—1398),万历七年(1579)重建,后两桥俱圮。雍正七年(1729)重建三孔东桥,西桥则改建为梁式板桥。现桥为原东桥,系清光绪二十七年(1901)重建。长 34.3 米,中宽 3.44 米,净跨 9.1 米,中孔矢高 6 米。桥中间两对望柱柱头雕狮。两堍石塔,“文革”期间被拆毁。此桥三拱,修长而雄美,如云托月,秀美异常。现为苏州市文物保护单位。

[二] 惟上上田:语出自《尚书·禹贡》,“惟”作“为”解。惟上上田,即为最上等的好田。

[三] 活泼泼地:指生机活泼,怡然自得之地。禅宗用“活泼泼地”称悟禅境界。兰若宛中央:兰,指兰草,又名泽兰;若,即杜若,一种香草。战国时宋玉在《神女赋》中云:“沐兰泽,含若芳。”宛中央:由《诗经·秦风·蒹葭》中“宛在水中央”句化来。

［四］ 莫厘峰：为苏州西南洞庭东山主峰，海拔 293.6 米，景色秀丽。

［五］ 稽五漾：漾，原意指水面微波，此处指广阔的水面。稽五漾，位于七都、八都两镇交界处，水面约 4.33 平方千米。当地人称稽五漾为金鱼漾，吴语中两者发音相近。

［六］ 三万六千顷：指太湖水面。太湖面积有 2427 平方千米，古来通称三万六千顷。

［七］ 天目：指浙江省天目山。

［八］ 昉：起始。

永昌桥联［一］

一

行便七都，咸歌永乐；

流通九曲，共庆昌平。［二］

——佚名

二

浪静无声，虹腰入画；

河清可俟，雁齿重新。［三］

——佚名

注释：

［一］ 永昌桥：位于七都镇吴越村。始建年代无考，现桥为民国七年(1918)重建。梁式单孔，花岗岩构砌。现为苏州市控制保护建筑。

［二］ 第一副桥联上下联倒数第二字嵌入桥名“永昌”。

［三］ 俟：等待。

北回桥联[一]

一

叠石障奔流，浔水南来资锁钥；[二]
曳筇寻胜景，洞庭北望似屏栏。[三]

——佚名

二

地近湖滨，南北于今成孔道；
源从苕水，潆洄自昔庆安澜。[四]

——佚名

三

壤接拜三庄，桑麻蔽野；[五]
水经稽五漾，江浙分疆。

——佚名

四

遥峰对岸，古寺临流，此地别饶风景；[六]
浔水南来，太湖北去，当年几费疏排。

——佚名

注释：

[一] 北回桥：位于七都镇群幸村，东西走向，桥东属浙江省湖州市北望乡。始建年代无考，现桥为清光绪十八年(1892)重建。拱式单孔，花岗岩构砌。长 35.8 米，中宽 2.85 米，净跨9.42米，矢高 5.07 米。望柱上分别雕刻狮首和方形如意头。现为苏州市控制保护建筑和浙江省湖州市市级文物保护单位。

[二] 浔水：水名，从浙江流入吴江。浔水流经北回桥。

[三] 曳筇：曳，意为拖。筇，指筇地所产筇竹，适宜做手杖。此句意为

拄着筇竹杖，悠闲寻芳，欣赏美景。洞庭：指苏州太湖中的洞庭东山和洞庭西山。

［四］ 第二联为嵌字联，嵌“北洄”于联中。

［五］ 拜三庄：地名。

［六］ 遥峰：指对岸远处的浙江省天目山山峰。

北张桥联[一]

一

山光遥接涛归北；

虹势凌虚路大张。[二]

——佚名

二

万里山河分月影；

七都风土带花香。

——佚名

注释：

［一］ 北张桥：位于七都镇丰田村，东西向跨虹花港。始建年代无考，现桥为清光绪二年(1876)重建。长 25 米，中宽 2.4 米，净跨 5.69 米，矢高 4 米。

［二］ 第一联为嵌字联，利用雁足格嵌入“北张”桥名。

博士桥联[一]

一

叠石为梁，咸占利涉；

回波作镜，共庆清流。

——佚名

二

源湖五湖穷北达；

水经双荡绕南行。

——佚名

注释：

［一］ 博士桥：位于七都镇吴越村。始建年代无考，现桥为清光绪二十九年(1903)重建。梁式单孔，花岗岩构砌。桥的构建上颇具特色，除中间桥孔外，两侧桥台还各开一方形泄水孔，便于泄洪，起到梁式三孔的作用。现为苏州市控制保护建筑。

车驾桥联[一]

一

观此处舟车并驾；

想当年吴越分疆。[二]

——佚名

二

溯苕水西来，高低帆影；

看厘峰北峙，上下轮蹄。[三]

——佚名

注释：

［一］ 车驾桥：位于七都镇勤幸村，为苏浙二省界桥，桥南为浙江省湖州市地界。始建年代无考，为民国十三年(1924)重建。梁式三孔，花岗岩构砌。1982年拆毁。

［二］ 第一联以散嵌格嵌入“车驾”桥名。

［三］ 厘峰：指莫厘峰，位于太湖中的洞庭东山，海拔293.6米。轮蹄：指车轮与马蹄，即指车马。

喜雨桥联[一]

一

水接半塘路，虹腰彩焕；
地连中得圩，鹊噪喜来。[二]

——佚名

二

南漾北湖，通行舟楫；
东吴西越，利涉往来。

——佚名

注释：

［一］ 喜雨桥：位于七都镇东庙桥村。始建年代无考，现桥为民国十七年(1928)重建。梁式三孔，花岗岩构砌。现为苏州市控制保护建筑。

［二］ 鹊噪：旧时以鹊噪为喜兆，故将鹊称为喜鹊。

庆元桥联[一]

一

北拱洞庭，岚光韫石；
南通苕霅，帆影回波。[二]

——佚名

二

四百载重排雁齿；
千万人同步龙门。[三]

——佚名

注释：

［一］　庆元桥：位于七都镇环湖村，东西向跨吴溇港。始建于明代，清咸丰六年(1856)重建。拱式单孔，花岗岩构砌。桥长 13.1 米，中宽 2.35 米，净跨 5.87 米，矢高 3.4 米。此桥今已不存。

［二］　苕霅：指源自浙江天目山、流经浙北的苕溪。东苕溪、西苕溪流至吴兴汇合后称霅溪。

［三］　龙门：指建成的庆元桥。

日晖桥联[一]

一

南北近巨流，重向中流排雁齿；
东西有古寺，闲来游寺过虹腰。[二]

——佚名

二

风景咸宜，村里历来多隐读；
日晖普照，□□□□□□□。[三]

——佚名

注释：

［一］　日晖桥：位于七都镇隐读村。始建年代无考，清末重建。梁式三孔，花岗岩构砌。桥今已不存。

［二］　东西有古寺：隐读村，旧名因读村，分因读东村、因读西村，东村有古竹隐庵、祖师庙等，西村有旃檀寺等寺院。

［三］　第二联中嵌入了桥名“日晖”。

广济桥联[一]

一

广矣急思排雁齿；
济之端赖有虹腰。[二]

——佚名

二

水归南北径湖海；
涂出东西界亩阡。[三]

——佚名

注释：

[一] 广济桥：位于七都镇长桥村，东西向跨长渠港。始建年代无考，清同治九年(1870)重建。拱形单孔，花岗岩构砌。长17.08米，中宽2米，净跨4.75米，矢高3.4米。现为苏州市控制保护建筑。

[二] 第一联为鹤顶格嵌字联，上下联首字为桥名“广济”。虹腰：桥的代名。

[三] 涂：通“途”。

有成桥联[一]

一

雁齿排连，湖山并寿；
虹腰横亘，江浙分支。

——佚名

二

远映洞庭春色；
亘为震泽云屏。

——佚名

注释：

〔一〕 有成桥：位于七都镇群幸村，又名吴溇泾桥。始建年代无考，现桥为民国六年(1917)重建。梁式单孔，花岗岩构砌。现为苏州市控制保护建筑。

述中桥联〔一〕

一

南漾北湖，中流砥柱；
东吴西越，要道津梁。

——佚名

二

桥以中名，界分江浙；
溇□□□，□□□□。

——佚名

注释：

〔一〕 述中桥：位于七都镇环湖村，东西走向，为苏浙二省界桥，桥西为浙江省湖州市地界，故联中有"东吴西越"之说。始建年代无考，现桥为清光绪二十九年(1903)重建。拱式单孔，花岗岩构砌。

大善塘桥联〔一〕

全仗大慈悲，快观临河利涉；
一般善男女，争看题柱往来。〔二〕

——佚名

注释：

〔一〕 大善塘桥：位于七都镇吴越村。始建年代无考，现桥为民国十五年(1926)重建。梁式三孔,花岗岩构砌。现为苏州市控制保护建筑。

［二］ 本联为嵌字联,在上下联的第三字嵌入桥名“大善”。善男女:指信奉佛教的男女。

长春塘桥联［一］

一

伯老同居,乐创□梁济普渡;

少年共处,欣修□道广方行。［二］

——佚名

二

长庚妇埭,南来笠泽决泓水;［三］

春布虹腰,北去洞庭耸峙峰。［四］

——佚名

注释:

［一］ 长春塘桥:位于八都镇贯桥村,又名少年桥,东西向跨东港。始建年代无考,现桥为清宣统三年(1911)重建。梁式三孔,花岗岩构砌。现为苏州市控制保护建筑。

［二］ 方行:即遍行。《尚书·立政》云:“方行于下,至于海表。”

［三］ 长庚妇埭:庚,道路。《小尔雅·广言》云:“庚,道也。”妇,像妇人一般柔美。埭,即堤塘土坝。

［四］ 此两联均为嵌字联。第一联的下联嵌入“少年”桥名。第二联以鹤顶格嵌入桥名“长春”。

大柏桥联[一]

一

水映一泓，叠石成桥多利赖；[二]

波平两岸，荷锄带月便归来。

——佚名

二

水涸遍成梁，急待鸠工占利泽；

天寒伤病涉，安排雁齿乐群黎。[三]

——佚名

注释：

［一］ 大柏桥：位于八都镇李花庄村。始建年代无考，现桥为民国八年(1919)重建。梁式三孔，花岗岩构砌。

［二］ 利赖：即方便。

［三］ 群黎：指老百姓。

洪福桥联[一]

一

北望洞庭，湖山隐约；

东联震泽，带水回环。

——佚名

二

雁归齐排，诞登彼岸；

鸭头同泛，利涉安澜。

——佚名

注释：

［一］ 洪福桥：位于八都镇勤联村，又名廊带桥。始建年代无考，清嘉庆十六年(1811)重建，现桥为宣统元年(1909)所建。梁式三孔，花岗岩构砌。

旺港桥联[一]

一

往事重提，人迹模糊红板旧；[二]
前溪如画，波光掩映碧阴浓。

——佚名

二

水陆交通，从此旅行称便利；
乡邻守望，而今唤渡免斯须。[三]

——佚名

注释：

［一］ 旺港桥：位于八都镇双板村。始建年代无考，现桥为民国六年(1917)重建。梁式三孔石桥，保存完好。现为苏州市控制保护建筑。

［二］ 红板：古时桥的代称，指架在桥面上的红色木板、木栏，可知此桥原为木质。

［三］ 斯须：即须臾、片刻。

杨定桥联[一]

一

笠水迎流合紫气；[二]
苕溪来脉奠青波。[三]

——佚名

二

波澄一镜迎飞鹢；
月照双溪映彩虹。

——佚名

注释：

［一］ 杨定桥：位于八都镇勤联村，又称东杨定桥。始建年代无考，明初和明末均重建，清嘉庆二十四年(1819)又重建，现桥为清光绪十三年(1887)重建。拱式单孔石桥。现为苏州市控制保护建筑。

［二］ 紫气：古人以紫气为祥瑞之气。据传，老子出函谷关时，关令尹见有紫气东来，即预知将有贵人来。未几，老子骑青牛而至。

［三］ 来脉：指桥下流水来自浙江苕溪，如血脉相连。

安庆桥联[一]

一

驾不成梁，一溪流水；
当车安步，四远通衢。[二]

——佚名

二

西接大港，南北吉庆；
东临长漾，四方平安。[三]

——佚名

注释：

［一］ 安庆桥：位于八都镇勤联村，又称西杨定桥、马赋桥。始建年代无考，民国十三年(1924)重建，梁式三孔。桥今已不存。

［二］ 当车安步：即安步当车。

［三］ 第二联为嵌字联，用反嵌法在上下联末字嵌桥名“安庆”。

中和桥联[一]

一

金波遥映红梨渡；[二]
玉带长垂绿晓庄。[三]

——佚名

二

北胜跨虹融水德；[四]
中和位育贯文风。[五]

——佚名

注释：

［一］ 中和桥：位于盛泽镇王家庄街，东西走向，跨吴家湾。始建年代无考，现桥为清道光四年(1824)重建。梁式单孔，花岗岩构砌。长18.5米，中宽2.65米，净跨5.08米。两桥台各有一拱形泄水孔，上刻有“月波”、“川媚”和“挹秀”、“梯云”横额。桥面石中心刻风涡图。桥上原有望柱一对，现存一根。桥面石梁下置圆木。1986年7月被列为吴江市文物保护单位，现为苏州市文物保护单位。

［二］ 红梨渡：又名俞家渡，位于盛泽镇西北的桥北荡畔，相传明代巨富沈万三曾植万株红梨于此，故名。桥北荡，亦名红梨荡。红梨因此成为盛泽的别称。

［三］ 绿晓庄：又名绿晓斋，位于中和桥东堍，相传为明代诸生卜舜年的住处。

［四］ 北胜跨虹：北胜为盛泽镇的旧坊名之一，位于斜桥附近，相传为明代巨富沈万三所建。跨虹，虹即指中和桥侧的斜桥。此桥斜跨河水，为梁式石桥，明成化七年(1471)建，清嘉庆五年(1800)重建，至今完好。

［五］ 中和：将桥名“中和”嵌入联中，并宣扬儒家的中和伦理思想。

带福桥联[一]

一

规模上应天星瑞；
清明平分水月光。

——佚名

二

彩虹遥落文澜起；
乌鹊高飞旺气生。[二]

——佚名

注释：

［一］ 带福桥：位于盛泽镇东港村，又称搭北桥，南北向跨带福桥河。明天启四年(1624)建，清乾隆三十二年(1767)重建，现桥为清同治十年(1871)重建。拱式单孔，花岗岩构砌。长23.8米，中宽2.97米，净跨8米，矢高3.88米。现为苏州市文物保护单位。

［二］ 乌鹊：俗名喜鹊。鹊常于高飞时鸣叫，旧时以鹊噪为喜兆。

里仁桥联[一]

一

衢达东西，相界松陵笠泽；
流分南北，常通秀水麻湖。[二]

——佚名

二

攘往熙来，何患临流无楫；
脂车秣马，奚须过畔问津。[三]

——佚名

注释：

［一］ 里仁桥：位于盛泽镇圣塘村。始建年代无考，现桥为清光绪二十七年(1901)重建，梁式三孔石桥。现为苏州市控制保护建筑。

［二］ 秀水、麻湖：均为地名。秀水，指邻近的浙江嘉兴，嘉兴古称秀水。麻湖，指附近的麻溪，又称麻漾。

［三］ 脂车秣马：指车上好油，马喂饱。

鼎方桥联[一]

一

东倚三府路千里；[二]
西连吴苏便百秋。

——佚名

二

潆洄内外通天地；
九转八弯入大海。

——佚名

三

舟楫往来，一水潆洄连北角；[三]
桑麻掩映，数村环抱接中山。[四]

——佚名

四

夕照衔山，一抹梨花明古渡；[五]
□□□□，□□□□□□□。

——佚名

注释：

［一］ 鼎方桥：位于盛泽镇北角村。始建年代无考，清乾隆四十三年(1778)、五十八年(1793)两次重修，民国初年又重建，梁式三孔石桥。1982年拆除，今已改建为钢筋结构的水泥桥。

［二］ 三府：指鼎方桥东边的嘉兴、湖州、临安三府。

［三］ 北角：指位于北角村附近的北角荡水域。

［四］ 中山：指盛泽镇的中山桥。

［五］ 古渡：指红梨渡。

福海桥联[一]

一

衢达东西远派，受麻溪九曲；[二]
村连南北乘源，锁菱渡五流。[三]

——佚名

二

参考志书，始建于洪武十七年；
改为环洞，落成在民国第九年。

——佚名

注释：

［一］ 福海桥：位于盛泽镇前跃村。始建于明洪武十七年(1384)，清嘉庆二十三年(1818)重修，民国九年(1920)由盛泽商界人士捐资重建。梁式三孔石桥。现为苏州市控制保护建筑。

［二］ 派：水的分流。

［三］ 菱渡：即菱叶渡，又名白漾，俗称东白漾，旧时为景色胜地。

万缘桥联[一]

一

南连两浙恩波远；
北接三吴福泽长。[二]
——佚名

二

帆带仁风苏埭泽；
舟随利涉济川功。
——佚名

注释：

［一］ 万缘桥：位于盛泽镇东港村，东西向跨高桥港。始建于清乾隆年间(1736—1795)，后又重修。拱式单孔，花岗岩构砌，长20.8米，中宽2.78米，净跨7.5米，矢高3.85米。现为苏州市控制保护建筑。

［二］ 三吴：古地区名。历来所指不一，《水经注》以吴郡、吴兴、会稽三郡为三吴；唐杜佑《通典》、李吉甫《元和郡县志》以吴郡、吴兴、丹阳三郡为三吴；唐梁载言《十道四蕃志》以吴郡、吴兴、义兴三郡为三吴。可知其主要范围为江南核心区域。宋税安礼《历代地理指掌图》以苏、常、湖三州为三吴，明周祁《名义考》以苏州为东吴，润州为中吴，湖州为西吴，则属后人之附会。

终慕桥联[一]

一

东西南北万户□；
春夏秋冬□坊□。
——佚名

二

百福并臻桥永固；

□□□宁□□□。

——佚名

注释：

［一］　终慕桥：位于盛泽镇五龙路南端，又称柏家桥，南北向跨柏家桥河。据传是为纪念宋柏孝子而建，清乾隆六年(1741)重建，同治十年(1871)又建。拱式单孔，花岗岩构砌。长 18.45 米，中宽 2.38 米，净跨 6.7 米，矢高 3.68 米。桥今已移建至盛泽镇目澜洲公园内。

如意桥联[一]

一

天际霓虹千岁古；

望中烟火万家新。

——佚名

二

虹垂野岸祥光合；

烟锁江村佳气浮。

——佚名

注释：

［一］　如意桥：位于盛泽镇盛虹村，开建于清康熙六十一年(1722)，雍正十一年(1733)竣工，之后又经数次重修。拱式单孔石桥。现为苏州市文物保护单位。

香波桥联[一]

一

人去横塘曾拾锦;[二]

客来题诗亦生香。

——佚名

二

一水斜通菱叶渡;

双峰遥拱洞庭山。[三]

——佚名

注释:

[一] 香波桥:位于盛泽镇西白漾拾锦塘。始建于明天启三年(1621),清康熙四年(1665)、同治九年(1870)分别重建。拱式单孔石桥。今桥已不存。

[二] 拾锦:又称拾巾,塘名。拾锦塘畔曾有堤塘数十丈,堤南端即为香波桥,堤岸曾是游览胜地。传说曾有男女同游,如见中意者,女方故意落巾于地,男方拾巾而归,并凭此巾央媒至女家说亲。

[三] 洞庭山:指位于太湖中的洞庭东、西山。

永清桥联[一]

一

万福攸同,沔彼流水;[二]

四方有羡,示我周行。[三]

——佚名

二

西北环溪，源通白漾；

东南高跨，瑞映青龙。

——佚名

注释：

[一] 永清桥：位于盛泽镇，又名南新桥、新桥。始建于清康熙三十九年(1700)，初为木桥，清乾隆二十年(1755)改建为拱式单孔石桥。现为苏州市控制保护建筑。

[二] 沔彼流水：水流丰盈貌。语出自《诗经·小雅·沔水》。

[三] 羕：水长。《诗经·周南·汉广》："江之永矣。"《说文·永部》引作"江之羕矣。"

登云桥联[一]

一

从此登云题柱，谁为司马；

沔彼流水凌虚，影照垂虹。[二]

——佚名

二

姐妹三条联运影；[三]

桑麻四野便行程。

——佚名

三

遥听隔岸绫梭，弥思物力；[四]

最喜结邻村社，永赖神庥。[五]

——佚名

四

白水盟心期共济；

青云有路快通登。

——佚名

注释：

［一］ 登云桥：位于盛泽镇南的茅塔村，南北向跨麻溪，故又名大溪桥。始建年代无考，原为梁式11孔，清雍正十三年(1735)改建为五孔。现桥为宣统二年(1910)重建，拱式三孔，花岗岩构砌，长33米，中宽3.55米，中孔净跨10.4米，中孔矢高6米。现为苏州市控制保护建筑。

［二］ 凌虚：指高入天空。曹植诗云："建三台于前处，飘飞陛以凌虚。"垂虹：指登云桥。

［三］ 姐妹三条：指登云桥所跨的麻溪，与京杭大运河相交的水面上有种福、禄安、长生三座桥。

［四］ 绫梭：指织绸时用的梭子。

［五］ 神庥(xiū)：庥，庇荫、保护。神庥，指神灵保佑。

升明桥联[一]

一

祥开震巽彩虹高，千秋壮丽；[二]

喜溢乾坤新月满，万户盈宁。

——佚名

二

雁齿衔堤，近练白漾流五聚；[三]

龙腰亘渡，遥通沧海霙三环。[四]

——佚名

注释：

［一］ 升明桥：位于盛泽镇的东白漾口，南北走向。始建于明崇祯二年

(1629)，清雍正十一年(1733)重建。1991年进行了整修，拱式三孔，花岗岩构砌，长46.94米，中宽4.25米，中孔净跨10.7米，中孔矢高5.39米。现为苏州市文物保护单位。

［二］ 震巽：震与巽，均为八卦之一。震，象征雷；巽，象征风。

［三］ 白漾：指升明桥附近的东白漾，水面宽阔。五聚：流经升明桥下的水贯通五河，即桥镇五河之水，因此桥曾名五聚，后改现名。

［四］ 窦三环：窦，意指孔，此处作洞穿解。三环，指升明桥的拱式三孔结构。

南星桥联[一]

一

文物振名区，北望舜湖民俗盛；[二]
山川钟秀气，南分天目水源长。

——佚名

二

欹枕绿杨中，此日银鞍欣可解；[三]
放船明月里，从今铁锁愿常开。

——佚名

注释：

［一］ 南星桥：位于盛泽镇南的茅塔村，东西向跨扶田港。始建于清乾隆四十年(1775)，嘉庆十八年(1813)重建，今桥为咸丰五年(1855)所建，梁式单孔，花岗岩构砌。长19.6米，中宽2.18米，净跨5.3米。两桥台各有一长方形泄水孔。现为苏州市控制保护建筑。

［二］ 舜湖：又名盛湖，也称西白漾、盛泽荡。舜湖，也是盛泽镇的别称。

［三］ 银鞍：指银饰的马鞍。

保盛桥联[一]

一

五聚潆洄资保障；

六桥锁钥庆安澜。[二]

——佚名

二

拾级连升磐石稳；

登高利涉大川平。

——佚名

注释：

［一］ 保盛桥：位于盛泽镇的东白漾西，南北向跨市河。始建于清乾隆五十二年(1787)，初为木桥，嘉庆二十三年(1818)易石重建。今桥为光绪二十一年(1895)所建，单孔平梁，花岗岩构砌，长27.04米，中宽2.7米，跨度5.3米。现为苏州市控制保护建筑。

［二］ 六桥：指跨盛泽镇市河的六座桥，即开源桥、永安桥、善嘉桥、登春桥、龄嘉桥、庙桥。

长春桥联[一]

一

桥跨东西，骑步欣歌千古；[二]

溪流南北，往来喜颂万年。

——佚名

二

虹映桥梁，堪耀南来荡塍；

霞临泮岸，可辉北去溪流。

——佚名

注释：

［一］ 长春桥：位于盛泽镇圣塘村，东西向跨西张埭港。始建年代无考，现桥为清乾隆四十三年(1778)所建，梁式三孔石桥，长 24.4 米，中宽 2.14 米，中孔跨度 5.9 米。现为苏州市控制保护建筑。

［二］ 骑步：骑指畜力，步指人步行。

纪长桥联[一]

一

君子来游，徜徉于坦道；

仁人利溥，遐迩到欢声。[二]

——佚名

二

淡泳深舟，虹垂咸利济；

北吴南越，龙卧共钟灵。[三]

——佚名

注释：

［一］ 纪长桥：位于盛泽镇圣塘村，南北走向，为苏浙二省界桥。始建年代无考，今为梁式五孔石桥。现为苏州市控制保护建筑。

［二］ 利溥：溥，意为广大。利溥，即仁人做事有利于广大人民。到：指远近行人到了这座桥，感受通行之便利，从而发出欢乐之声。

［三］ 第二联下联，意指北吴南越（桥北为吴地，桥南为越地），同为钟灵毓秀之地。

青云桥联[一]

一

虹影卧鸥波，北带麻溪，南襟绣水；[二]

鳞塍环雁户，春风击壤，夜月鸣机。[三]

——佚名

二

万家丰乐，利济群谋，重续断虹几练石；[四]

两岸沟通，凌虚安步，欣逢司马再题辞。

——佚名

注释：

［一］ 青云桥：位于盛泽镇圣塘村，又称南新桥，为苏浙二省界桥。始建年代无考，今桥为民国十一年(1922)所建，梁式三孔石桥。现为苏州市控制保护建筑。

［二］ 绣水：即秀水。浙江嘉兴古称秀州，指桥南为嘉兴水域，亦泛指秀美之水。

［三］ 击壤：我国古代的一种投掷游戏，后用作歌颂太平盛世的典故。

［四］ 练石：典出女娲氏练五色石补天的传说。

古洪里桥联[一]

一

里有仁，洵美兹土；

人利涉，印浦大源。[二]

——佚名

二

村□近市喧梨渡；

水自生春□□□。

——佚名

注释：

［一］ 古洪里桥：位于盛泽镇胜天村，又称西石桥。梁式单孔石桥，始建年代无考。

［二］ 印浦大源："卬"与"昂"相通。卬浦大源，指大河流水。

水月桥联[一]

一

水通万里流源远；

月照长虹烟火稠。[二]

——佚名

二

功存万载如流远；

利及千门似月圆。

——佚名

注释：

［一］ 水月桥：位于盛泽镇前庄村，梁式三孔石桥，始建年代无考。

［二］ 第一联中以鹤顶格形式嵌入桥名"水月"。

鸿运桥联[一]

一

镜波跃鲤穿环去；[二]

画舫载香掀浪来。

——佚名

二

堂畔桂香飘十里；[三]

阁前柳影映双亭。[四]

——佚名

注释：

［一］ 鸿运桥：位于盛泽镇镜湖园内，园中有镜湖楼。鸿运桥连接镜湖楼与湖岸，为拱式单孔石桥，始建于1999年。

［二］ 跃鲤：指鲤鱼跳龙门的传说，意寓鸿运桥名。

［三］ 堂：指镜湖楼。楼畔植桂多株，故镜湖楼所在之地，又称桂花岛。

［四］ 阁：指镜湖园内的镜湖阁。双亭：指镜湖湖岸上的双亭。

太平桥联[一]

一

绿水环流长路渺；

彩虹联影白龙垂。

——佚名

二

示我周行安且吉；

沔彼流水发其祥。

——佚名

注释：

［一］ 太平桥：位于盛泽镇龙桥村，又称杨家桥。始建年代无考。今桥为清光绪三年（1877）重建，梁式三孔石桥。

太平桥联[一]

一

春到风光行处好；
时和景物望中新。[二]

——佚名

二

富与日新咸大有；
庆从天赐永康宁。

——佚名

注释：

［一］ 太平桥：位于盛泽镇南心村，南北向跨车吉港。始建年代无考。现桥为清光绪二十八年（1902）重建，梁式三孔，桥台用青石垒砌，其余建筑石材均为花岗岩。长 33 米，中宽2.15米。

［二］ 时和：时局和平安定。

白龙桥联[一]

一

式廓旧规模，有客来游歌利涉；[二]
蔚成新气象，行轮无阻便通商。

——佚名

二

鼓棹远来，船真天上；

临流俯瞰，人在镜中。

——佚名

三

风送万机声，莫道众擎犹易举；[三]

晴翻千尺浪，好从饮水更思源。

——佚名

四

题柱人来，谁为司马；

小庵临近，应为卧龙。[四]

——佚名

注释：

［一］ 白龙桥：位于盛泽镇西北的龙桥村，南北向跨白龙港。始建于清初，咸丰年间毁于战火，同治三年（1864）易地重建，光绪二十八年（1902）圮毁。今桥为光绪三十四年（1908）在清初白龙桥原址上重建。石拱三孔，花岗岩构砌，全长 40.6 米，中宽 3.8 米，中孔净跨 9.9 米，中孔矢高 5.6 米。由于所跨水面宽阔，桥形秀美，并传有白龙出现，故名。现为苏州市文物保护单位。

［二］ 利涉：顺利渡河。《周易·需卦》："利涉大川，往有功也。"

［三］ 万机声：盛泽古来以丝绸织造业闻名天下，生产规模堪称华夏之最，故言。众擎犹易举：由成语"众擎易举"化来。

［四］ 小庵：桥于光绪末年重建时，桥南堍有宝珠庵，北堍有凉亭。庵、亭今均已不存。卧龙：指隐居的贤士。

目连桥联[一]

一

策杖闲听，两岸机声连牧笛；[二]
临流远眺，一泾帆影伴渔舟。

——佚名

二

改造在前清同治壬申岁；
重建于民国纪元十四年。

——佚名

注释：

［一］ 目连桥：位于盛泽镇西北的南塘村，东西走向。始建年代无考，清同治十一年壬申(1872)重建，民国十四年(1925)又建。梁式单孔，花岗岩构砌。桥长15.9米，中宽1.65米，南堍建有凉亭，名大有亭，亭柱上刻有一联："行程远大姑停足；世路崎岖且息肩。"旧桥、亭今均不存，现已改建成水泥平桥。桥名目连，源于佛教。目连，为释迦牟尼的十大弟子之一。《盂兰盆经》讲他为救生母脱离饿鬼道而设盂兰盆会，中国民间有目连救母的故事。

［二］ 策杖：拄杖。曹植《苦思行》云："策杖从我游。"

莲云桥联[一]

一

白莲池边，龙鱼俱跃；
碧云深处，霞鹜齐飞。[二]

——佚名

二

路达东西，相界盛湖笠泽；[三]

波萦左右，常依明月清风。[四]

——佚名

注释：

［一］ 莲云桥：位于盛泽镇坛丘社区，东西向跨坛丘港。初名莲花桥，始建年代无考。清雍正元年(1723)重建。光绪二十四年(1898)又建，改名莲云桥。单孔石拱。现为苏州市文物保护单位。

［二］ 第一联上下联的第二字，嵌入桥名“莲云”。霞鹜齐飞：由唐王勃《滕王阁序》中的名句化来。原句为：“落霞与孤鹜齐飞，秋水共长天一色。”

［三］ 相界盛湖笠泽：指桥东紧连盛湖，桥西遥接太湖，太湖古称笠泽。

［四］ 明月清风：指位于莲云桥左右支流上的明月桥和清风桥。莲云、明月和清风三桥，依水相望，堪称一景。

明月桥联[一]

一

东酬台畔清风韵；

西掬亭心泉水香。

——佚名

二

肩摩踵接人居密；

□□□□□□□。

——佚名

注释：

［一］ 明月桥：位于盛泽镇坛丘社区。始建年代无考，清末重建，原为单孔石拱桥，现已改建为水泥平桥。

清风桥联[一]

一

北带莲云双驾鹊；
西连明月并垂虹。[二]

——佚名

二

划水漾边□□□；
花园堤畔白龙眠。

——佚名

注释：

［一］ 清风桥：位于盛泽镇坛丘社区。始建年代无考，现桥建于清末，为单孔梁式平桥。

［二］ 第一联上下联分别嵌入“莲云”和“明月”两桥名。明月：指明月桥。

双龙桥联[一]

一

势若垂虹，练横蠡泽；[二]
光同浩月，珠涌龙泉。[三]

——佚名

二

道出颐塘无病涉；[四]
源由烂水有归津。[五]

——佚名

注释：

［一］ 双龙桥：位于盛泽镇南麻社区龙北村，又称西桥。始建年代无考，现桥建于民国二十二年（1933），梁式三孔，气势不凡。现为苏州市控制保护建筑。

［二］ 蠡泽：湖泊名，位于震泽镇。相传大禹和范蠡在此均留有足迹。

［三］ 龙泉：指桥所在地的古村落龙泉嘴。

［四］ 病：担忧。《史记·乐书》："病不得其众也。"

［五］ 烂水：又称烂溪塘，自浙江乌镇起，向东北流入江苏吴江平望莺脰湖，全长 28 千米。

龙泉桥联[一]

一

寺庙林立似佛地；
进香拜佛胜杭州。

——佚名

二

西达頔塘过估客；[二]
北临麻漾泛渔舟。[三]

——佚名

注释：

［一］ 龙泉桥：位于盛泽镇南麻社区龙北村。始建年代无考，清光绪三年（1877）重建，单孔石拱桥。1984 年改建为钢筋水泥平桥。

［二］ 估客：客商。

［三］ 麻漾：位于南麻北龙泉嘴附近的广阔水面，又称北麻漾。

宝德桥联[一]

一

穆水长流，道通南北；[二]

龙泉匹练，地接东西。[三]

——佚名

二

北达麻源欣利涉；[四]

西通笠泽庆安行。

——佚名

注释：

［一］ 宝德桥：位于盛泽镇南麻社区龙北村，又称北塊桥。始建年代无考，现桥建于民国三十二年(1943)，梁式单孔。现为苏州市控制保护建筑。

［二］ 穆水：指流水平稳温顺。

［三］ 龙泉匹练：旧传桥附近有龙泉嘴，曾有喷泉涌出，故称匹练。

［四］ 麻源：即北麻漾。

青龙桥联[一]

一

雁翅重新，雅慕题桥胜概；

鸭头新涨，宜承破浪豪情。[二]

——佚名

二

西接颇塘，永渡人民熙攘；

东通麻水，长觇世界澄清。[三]

——佚名

注释：

［一］ 青龙桥：位于盛泽镇南麻社区七庄村与沈家村交界处。清同治三年(1864)始建，光绪三十二年(1906)重建，梁式三孔石桥。现为苏州市控制保护建筑。

［二］ 鸭头：指河水。

［三］ 觇：窥看。

永记桥联[一]

孝水承亲志；

慈航渡众生。[二]

——佚名

注释：

［一］ 永记桥：位于盛泽镇南麻社区中旺村。民国二十二年(1933)建，梁式单孔石桥。现为苏州市控制保护建筑。

［二］ 慈航：佛教词汇。佛教认为，佛以大慈悲救渡众生出苦海，有如舟航，故称慈航。

凤仙桥联[一]

一

凤沼垂虹，南连越水；[二]

仙源涌日，北接吴江。

——佚名

二

圝稳登云，每多凤侣；[三]

势怀傍渎，自有仙俦。[四]

——佚名

注释：

［一］ 凤仙桥：位于桃源镇铜罗社区西亭村，南北走向。始建年代无考，民国十二年(1923)重建。五孔梁式平桥，长39.6米，宽2.25米。各孔桥面由四块宽条石铺就，桥上两边有石栏板，立有望柱六对，中孔桥面望柱上镌刻一对石狮。南北两堍各建有一座歇山顶方亭，亭每边长3.47米，高2.6米，以供行人休息。南堍亭名留仙亭，北堍亭名栖凤亭。1985年，凤仙桥被撞倒，后重建为钢筋水泥桥。桥两堍亭犹存。现为苏州市控制保护建筑。

［二］ 凤沼：传说中凤凰飞舞的池沼。

［三］ 圝(chuán)：盛谷的圆囤。

［四］ 第一联上下联首字嵌入桥名“凤仙”，第二联上下联第七字也嵌入桥名“凤仙”。

凤仙桥南堍留仙亭联[一]

化日光天，稍安勿躁；

栉风沐雨，且住为佳。

——佚名

注释：

［一］ 亭名以匾额示之，亭联为石柱阴刻，下栖凤亭联同。

凤仙桥北堍栖凤亭联

一

画桥引新凤；
小坐来散仙。

——佚名

二

坐而言矣，起而行矣；
老者安之，少者怀之。[一]

——佚名

注释：

[一] 怀：意为安抚。

开阳桥联[一]

一

前通严市，后达麻庄，地拓康衢跨南北；[二]
近汇烂溪，远源苕霅，派襟吴会界西东。

——佚名

二

光绪廿有五年，岁在已亥六月；
霅水八丈四尺，向兼壬丙三分。

——佚名

注释：

[一] 开阳桥：位于桃源镇铜罗社区开阳村，南北走向。始建年代无

考，现桥为清光绪二十五年(1899)重建。三孔梁式平桥，长27.5米，中宽2.13米，中孔跨度17米。

［二］ 严市：地名，即今铜罗，旧名严墓。传西汉辞赋家会稽吴人严忌死后葬于此，今墓不存。麻庄：即盛泽的南麻。

太平桥联[一]

一

当年肇锡嘉名，太平永祝；

此日民无病涉，欢乐兴歌。

——佚名

二

岁次庚寅，梁成十月；[二]

源来苕霅，秀集千家。

——佚名

注释：

［一］ 太平桥：位于桃源镇铜罗社区贤胡村，东西向跨太平桥港。始建年代无考，现桥为清道光十年(1830)十月重建。三孔梁式平桥，花岗岩构砌，长15.5米，中宽2米，中孔跨度9.5米。现为苏州市控制保护建筑。

［二］ 庚寅：清道光十年(1830)，岁次庚寅。

旺家桥联[一]

一

乌程半壁环严市；[二]

烂水一溪绕旺家。[三]

——佚名

二

旺家石栏扶海出；

穆溪水月渡人行。[四]

——佚名

注释：

[一] 旺家桥：位于桃源镇铜罗社区旺家村。始建年代无考，民国十三年(1924)曾重建，三孔梁式平桥。今已不存。

[二] 乌程：旧县名，今浙江湖州。相传有善酿酒的乌、程二姓居此，故名。

[三] 烂水：指桥附近的烂溪塘。

[四] 水月：水中的月影，引申为桥影。意指桥成利于通行。

云龙桥联[一]

一

清风明月垂张钓；[二]

红树青山泛范舟。[三]

——佚名

二

存吴王河山古道；[四]

肇总理政策鸿基。[五]

——佚名

注释：

[一] 云龙桥：位于桃源镇铜罗社区仙南村，南北向跨后村港。始建年代无考，民国二十二年(1933)重建，三孔梁式平桥。现为苏州市控制保护建筑。

[二] 张钓：指唐代诗人张志和。

[三] 红树：此处的红树系指红枫。唐诗《题玉泉溪》云："红树醉秋色，碧溪弹夜弦。"清诗人吴伟业《追叙旧约》云："黄鸡紫蟹堪携酒，红树青山好

放船。”范舟：指范蠡泛舟五湖的故事。

［四］ 吴王：系指吴王夫差。传其曾于今吴江十五都、十六都一带建离宫，即今云龙桥附近。

［五］ 总理：指孙中山先生。

永宁塘桥联[一]

一

帆影西来，落向姜芽池畔；

水流东去，派分茭草路中。

——佚名

二

恃农力之勤劳，徒矼便涉；[二]

盼村庄兮远近，市语遥闻。

——佚名

注释：

［一］ 永宁塘桥：位于桃源镇铜罗社区永宁村，又名薑池桥。始建年代无考，清光绪二十六年(1900)重建，三孔梁式平桥。现为苏州市控制保护建筑。

［二］ 徒矼：指石桥。《孟子·离娄下》：“徒矼成。”孙奭疏云：“徒矼者，《说文》云石矼，石桥也。”

青龙桥联[一]

一

青比蓝深山势秀；[二]

龙从鱼化水流芳；

——佚名

二

枚指青垂湖地远；
舟行龙护震堤长。[三]

——佚名

注释：

[一] 青龙桥：位于桃源镇宅里桥村，又称北阳和桥，东西向跨阳和桥港，为苏浙二省界桥，桥西为浙江湖州地界。始建年代无考，现桥为民国七年(1918)重建，三孔梁式平桥。现为苏州市控制保护建筑。

[二] 青比蓝深：由“青出于蓝而胜于蓝”化出。

[三] 第一联上下联的首字和第二联上下联第三字均嵌入桥名“青龙”。

桃花桥联[一]

一

流水多情，遣谁题柱；
落花急语，有客问津。

——佚名

二

地接湖滨游笠泽；
境疑世外隐桃源。[二]

——佚名

注释：

[一] 桃花桥：位于桃源镇新桥村，南北向跨桃花桥港。始建年代无考，现桥为民国十八年(1929)重建，三孔平梁。

[二] 第二联意指桥地近太湖，人游于此犹如当年武陵渔人进入桃花源，所见美景绝佳。

大善桥联[一]

一

杨柳岸通津，远达桑溪迎鹤舫；

桃花流入港，平分两省架鱼梁。[二]

——佚名

二

乌戍接稠墟，落日青泾渔笛远；[三]

浔溪连绣壤，晓风长扇客帆多。[四]

——佚名

注释：

［一］ 大善桥：位于桃源镇新桥村，东西向跨阳和桥港，为苏浙二省界桥，桥西为浙江湖州地界。始建年代无考，清光绪二十一年(1895)重建，五孔梁式，花岗岩构砌。长 36.92 米，中宽2.25米。现为苏州市控制保护建筑。

［二］ 鱼梁：桥梁的代称。

［三］ 乌戍：指浙江乌镇。

［四］ 扇：扇动。

问津桥联[一]

一

问讯进渔家，欲访桃源扶杖过；

津梁临古寺，闲来竹里听钟声。[二]

——佚名

二

乌戍南来，曲水遥通严子墓；[三]

紫云东望，佳城近接谢公墩。[四]

——佚名

注释：

［一］ 问津桥：位于桃源镇雄壮村。始建年代无考，现桥为民国九年(1920)重建，三孔梁式石桥。今桥已被移建于新建的桃源公园内，为苏州市控制保护建筑。

［二］ 第一联上下联首字嵌入桥名“问津”。竹里：当地村名。

［三］ 严子墓：即西汉辞赋家严忌之墓。

［四］ 紫云：指附近的紫云塘。佳城：指墓地。

长坂桥联[一]

一

派齿雁留夕阳，西是浔镇白苹远水；[二]

点睛龙去秋水，北只沈家红蓼空庄。[三]

——佚名

二

鼍换旧钱梁，草野耕夫题柱础；[四]

鹊填新范石，桃源钓叟泊舟轻。

——佚名

注释：

［一］ 长坂桥：位于桃源镇广福村，东西向跨长坂桥港。始建年代无考，清光绪二十一年(1895)重建，五孔梁式。桥东堍立有凉亭，供行人休息。该桥已于1986年圮毁。

［二］ 浔镇：指邻近的浙江省名镇南浔镇。白苹与下联的红蓼，均为多

年生浅水草本植物。

［三］ 第一联下联叙述了明初巨富沈万三的故事。传沈万三原住长坂桥附近的沈庄，其幼子回故里戏玩挂在墙上的银龙，引发银龙吐水，以致整座沈家大院被淹没。

［四］ 鼍与下联的鹊，均指代新架桥梁。

九里桥联[一]

一

此地容或逢黄石；[二]

前途无处不青云。[三]

——佚名

二

九曲水流溪潋滟；[四]

两傍道路跨康庄。

——佚名

三

东连秀水界；

□□□□□。

——佚名

四

南通浙江省

西接紫云溪。[五]

——佚名

注释：

［一］ 九里桥：位于桃源镇九里桥村，南北向跨烂溪，因距浙江名镇乌

镇九里，故名。始建年代无考，原系烂溪塘上的一座纤桥。现桥为清宣统元年(1909)重建，单孔拱形，花岗石构砌，长 13.45 米，中宽 1.81 米，净跨 3.2 米，矢高 2.5 米。现为苏州市文物保护单位。

[二] 黄石：指黄石公。《史记·留侯世家》云：黄石公，又称圯上老人。张良刺秦始皇失败后，逃亡下邳，遇老人于圯上，其授张良以《太公兵法》，称十三年后"见我济北谷城山下，黄石即我"。十三年后，张良从汉高祖过济北，果在谷城山下得黄石。传张良死后与石并葬。

[三] 青云：《史记·范雎蔡泽列传》云："贾不意君能自致于青云之上。"后人即用"青云直上"喻人连升高位。

[四] 溪：指流经九里桥下的烂溪。

[五] 紫云溪：又名紫云塘，附近水域名。

泰章桥联[一]

一

扶杖寻春，遥临严墓；
挂帆觅胜，近指刘墩。

——佚名

二

胜地龙蟠，水分上下；
连城虹起，泽遍东西。

——佚名

注释：

[一] 泰章桥：位于桃源镇青云社区新蕾村。始建年代无考，现桥为民国四年(1915)重建，三孔梁式石桥。现为苏州市控制保护建筑。

亭子桥联[一]

一

南接武林分秀水；[二]
北迎洞庭有奇峰。[三]

——佚名

二

各方住逮兴隆地；[四]
银烛善庆永平安。

——佚名

注释：

［一］ 亭子桥：位于桃源镇前窑村，南北向跨亭子桥港。始建年代无考，现桥为清咸丰四年(1854)重建，五孔梁式石桥。长 32 米，中宽 2.06 米。

［二］ 武林：杭州的别称。

［三］ 洞庭：太湖中的洞庭东、西山，这里指代苏州。奇峰：指太湖中洞庭东、西山的莫厘峰和飘渺峰。

［四］ 住逮：安定、平安。

大通塘桥联[一]

一

九派长流归一水；
千年野渡汇双溪。

——佚名

二

□□□□□□□；

彩虹东去接圆通。[二]

——佚名

注释：

［一］ 大通塘桥：位于桃源镇前窑村。始建年代无考，现桥为民国十九年(1930)重建，五孔梁式石桥。

［二］ 圆通：指位于桥东的圆通禅庵。庵始建于宋景定年间(1260—1264)，今已不存。

算墟庙桥联[一]

一

坚履人来，应织算绵甲子；[二]

提壶客到，定知墟迩寅申。[三]

——佚名

二

枫叶霜浓，遥指庙临古渡；

□□□□，□□□□□□。

——佚名

注释：

［一］ 算墟庙桥：位于桃源镇的广福村。因桥附近有算墟庙，故名。始建年代无考，清同治三年(1864)重建，三孔梁式石桥。

［二］ 坠履：不轻易遗弃旧物，或故物失而复得之意。典出汉贾谊《新书·谕诚》。

［三］ 第一联上下联第七字嵌入桥名“算墟”。

该兴桥联[一]

一

南通海石二邑，鸿儒乘至；[二]
北达苏常两郡，雁客驾来。[三]

——佚名

二

东近沈漾，碧水环流该地；[四]
西接韩山，秀峰临赝兴桥。[五]

——佚名

注释：

[一]　该兴桥：位于桃源镇青云社区梵香村。始建年代无考，清光绪二十七年(1901)重建，三孔梁式石桥。

[二]　海石：指浙江海盐、海宁二地。原海宁治所为硖石镇，故称海石。

[三]　苏常：指苏州与常州。雁客：指过桥人。

[四]　沈漾：即沈庄漾。

[五]　第二联上下联的第九字嵌入桥名“该兴”。韩山：在浙江省境内，为天目山余脉。

度生桥联[一]

一

度佛度仙兼度世；
生天生地与生人。[二]

——佚名

二

两岸桑麻丰且稔；

一泓流水远而长。

——佚名

注释：

［一］ 度生桥：位于桃源镇青云社区巴家斗村，原东西向跨度生桥港。始建年代无考，民国二十五年（1936）重建，梁式单孔桥。现已移建至同里古镇景区内，为苏州市控制保护建筑。

［二］ 第一联上下联的第一、第三与第六字嵌桥名“度生”。

白溪御龙桥联［一］

一

冰鉴一奁秋水影；［二］

渔歌两岸夕阳村。

——佚名

二

北望洞庭，山浓如翠；

东连笠泽，水到渠成。

——佚名

注释：

［一］ 白溪御龙桥：位于桃源镇青云社区，俗名白带桥。初建于明嘉靖二十七年（1548），现桥系民国十一年（1922）重建，单孔拱形石桥。桥面两侧建石栏，拱顶桥面立望柱两对。现为苏州市控制保护建筑。

［二］ 冰鉴：指月亮。唐元稹《月》诗：“绛河冰鉴朗，黄道玉轮巍。”奁：盛放梳妆用品的器具，多为圆形。联中以奁作量词，意为一轮明月。秋水：镜面。鲍溶《古鉴》诗：“曾向春窗分绰约，误回秋水照蹉跎。”

尊荣桥联[一]

一

物景雅秀，其间田肥地沃；

陶泽清澄，于斯波怡浪静。[二]

——佚名

二

道安清静，四方恭行晋祝；

尊荣高矗，数处俱赖平安。

——佚名

注释：

[一]　尊荣桥：位于桃源镇青云社区陶墩村，南北向跨陶墩市河。始建年代无考，清光绪二十六年(1900)重建。梁式三孔，长 22.9 米，中宽 2.25 米。桥已于 1996 年改建。

[二]　陶泽：指尊荣桥所在的陶墩水域。

安富桥联[一]

一

困易农庄，丰衣足食；[二]

假作工商，利益盈增。[三]

——佚名

二

笠泽东来，诸家迪吉；

苕溪西接，万户咸宁。

——佚名

注释：

〔一〕 安富桥：位于桃源镇青云社区陶墩村，跨陶墩市河。始建年代无考，现桥为清光绪二十五年（1899）重建。梁式三孔，长 18.58 米，中宽 1.97米。

〔二〕 困易：即花巨大的力量来治理。

〔三〕 假：借。《淮南子·主术训》："故假舆马者，足不劳而致千里。"

（三）常熟市

广嗣桥联[一]

一

百尺长虹横雪浪；
半轮皎月锁寒烟。

——佚名

二

西挹虞山朝气爽；[二]
东延沧海暮澜回。[三]

——佚名

注释：

[一] 广嗣桥：位于常熟市小东门连灯浜，又名连灯浜桥、退戊戌桥，南北走向。始建于明代，清乾隆三十九年（1774）重建，民国八年（1919）又建。单孔石拱桥，花岗岩构砌，长 25.6 米，中宽 4.2 米，净跨 11 米，矢高 6.3 米。金刚墙上镶嵌清乾隆和民国年间的重建题记碑刻。现为常熟市文物保护单位。

[二] 虞山：位于常熟市区西北，古名乌目山，又名海隅山、卧牛山。传西周仲雍（又名虞仲）死后葬于此山，故名。山长 6.4 千米（俗称“十里青山”），宽 2.2 千米，面积 14 平方千米，海拔 261.1 米。

[三] 沧海：指常熟以东的大海。

程家桥联[一]

愿人常行好事；
愿天常生好人。[二]

——佚名

注释：

[一] 程家桥：位于常熟市区西门外山前塘上，因附近有明工部尚书程守之墓，故名。山前塘上横跨着三座古桥：甸桥、程家桥、拂水桥，总称三条桥，程家桥位于中间，故又名二条桥。始建于明中期，清嘉庆二十二年(1817)重建。单孔石拱，花岗岩构砌。长 31.8 米，中宽 3.3 米，净跨 15 米，矢高 7.2 米。拱圈用纵联分节并列式砌置。包括程家桥在内的三条桥为常熟市的重要文化景观，现为常熟市文物保护单位。

[二] 此联似联非联，为佛家用语，劝世人行善。

香花桥联[一]

一

弓影腾空，流通万壑；[二]
花名独表，香透重门。[三]

——佚名

二

雁齿横排，云烟出没；
虹腰高卧，泉石奔腾。

——佚名

注释：

［一］　香花桥：位于常熟市虞山锦峰，原拂水涧上藏海寺（又名报国寺）山门前，南北向跨拂水涧。始建于明代，清光绪十七年（1891）藏海寺僧募捐重建。单孔石拱，花岗岩构砌，长 8.5 米，中宽 3.25 米，净跨 3 米，矢高 1.6 米。桥形美观，结构严谨。现为常熟市文物保护单位。

［二］　弓影：香花桥结构别致，外形美观，桥面呈弓形，横跨两岸。

［三］　花名独表：佛前供花表要修善因。

聚福桥联[一]

一

四海清宁庆大有，[二]
万方和泰乐升平。

——佚名

二

商楫往来皆倍利；
农耕万物永丰登。

——佚名

注释：

［一］　聚福桥：位于常熟市区水北门的福山塘上，东西走向。始建于明代，原为木桥，清康熙四十二年（1703）改建为石墩木面结构，名福履桥。清乾隆三十三年（1768）秋坍塌，三十九年（1774）由里人金见龙捐资重建，改名聚福桥。单孔石拱，花岗岩构砌，长 28 米，中宽 2.8 米，矢高 5.5 米。西侧明柱上刻有建桥题记一通。现为常熟市文物保护单位。

［二］　大有：谓大丰收。储光羲《观竞渡》诗："能令秋大有，鼓吹远相摧。"

永济桥联[一]

一

愿人常行好事；

愿天常生好人。[二]

——佚名

二

风调雨顺；

国泰民安。

——佚名

注释：

［一］ 永济桥：位于常熟市南门外，俗称三里桥，南北向跨元和塘。始建于清康熙四十六年（1707），三孔石拱，长 43.8 米，顶宽 4.5 米，净跨 13 米，中孔矢高 6.4 米，桥堍宽 6.6 米。桥拱为分节并列砌置，小孔七节，大孔十一节，为常熟地区清代早期桥梁的代表作，为常熟地区现存最长的古代桥梁。现为常熟市文物保护单位。

［二］ 第一联似联非联，为佛家用语，劝世人行善。

言子文学桥联[一]

一

东南开道脉；[二]

今古挹文澜。

——言如泗[二]

二

道接东山远；[四]

源分墨井香。[五]

——言如泗

注释：

[一] 言子文学桥：位于常熟市虞山言子墓前影娥池上。言子，即言偃（公元前506—公元前443），字子游，又称叔氏，常熟人，为孔子七十二弟子之一。言子擅文学，曾任鲁国武城宰，提倡以礼乐为教，境内有“弦歌之声”。转述孔子“君子学道则爱人，小人学道则易使也”等言论，南归后对东南地区文化的发展起到了重要作用，被后世尊称为“南方夫子”。死后葬虞山。桥建于清乾隆年间（1736—1795），花岗岩构砌。文学桥与言子墓，是常熟市的重要文化景观，1982年3月被列为江苏省文物保护单位。

[二] 道脉：又称道统，即儒家传道的系统。也指言子南归后，大兴东南文教，推行儒家学说，成为“东南开道脉”之祖。

[三] 言如泗（1716—1806）：江苏常熟人，言子七十五世孙。清乾隆进士，官至襄阳知府。

[四] 东山：《诗经·豳风》篇名，相传是反映周公东征回来的作品。

[五] 墨井：一名言公井，又称圣井，在言子宅内，水如墨汁。陆广微《吴地记》云：“（宅）中有圣井，阔三尺，深十丈，旁有盟，盟北百步，有浣纱石，可方四丈。”现址在城区东部的言子巷。

照山桥联[一]

愿人常行好事；

愿天常生好人。[二]

——佚名

注释：

[一] 照山桥：位于常熟市元和村下斜泾，又名下斜桥，东西走向。始

建于明崇祯年间(1628—1644),现桥为清嘉庆年间(1796—1820)重建。单孔石拱,高3.68米,净跨7米,顶宽3米,全长22.3米。分节纵联并列结构。

〔二〕 此联似联非联,为佛家用语,劝世人行善。

大墅桥联〔一〕

新旧相因,大墅大义;〔二〕

古今不改,通海通湖。〔三〕

——佚名

注释:

〔一〕 大墅桥:位于常熟市大义市镇,又名大义桥,跨浪澄塘。始建于明正德年间(1506—1521),原为梁式平桥。清光绪十三年(1887)重建为三孔石拱桥,花岗岩构砌,长23.5米,宽3.9米,中孔净跨7.1米,左右小孔净跨4.7米。1968年拆毁。

〔二〕 因:沿袭。

〔三〕 此联为嵌名联,将桥名“大墅”和地名“大义”嵌入联中。

小墅桥联〔一〕

集千万人之愿力;〔二〕

成水陆路之康庄。

——佚名

注释:

〔一〕 小墅桥:位于常熟市小义市镇,又名小义桥、葛市桥。始建于元至正年间(1341—1368),清代曾重建。单孔石拱,花岗岩构砌,长25米,宽3米,矢高8米。1977年拆毁。

〔二〕 愿力:佛教用语,谓誓愿之力,大至不可思议。

甸桥联[一]

南无阿弥陀佛；

南无阿弥陀佛。[二]

——佚名

注释：

［一］ 甸桥：位于常熟市西门弯，又名田桥、殿桥，俗称头条桥，南北向跨山前塘。始建于明代，清嘉庆年间(1796—1820)重建。现桥为民国八年(1919)重建，改镌“甸桥”额。单孔石拱，花岗岩构砌，桥基夹有青石叠砌，全长 34 米，中宽 3.16 米，矢高 5.6 米，净跨 10 米。现为常熟市文物保护单位。

［二］ 此联似联非联，为佛教用语。

洑河桥联[一]

一

迹溯洑河，十月成梁擎众力；

市兴吕舍，百年利涉便行人。[二]

——佚名

二

舟通南北，年丰多黍多稔；

车行东西，□□□□□□□。

——佚名

注释：

［一］ 洑河桥：位于常熟市辛庄镇吕舍村西，因跨洑河而得名。始建于宋末元初，现桥为民国二年(1913)重建。单孔条石板桥，花岗岩构砌，长 16

米,面宽 2.35 米,通航高 3 米,净跨4.9米。

[二] 第一联的上下联分别嵌入桥名“洑河”和村名“吕舍”。

迎阳桥联[一]

一

远吞湖色浑如镜;
近挹山光尚带香。

——佚名

二

南无阿弥陀佛;
南无阿弥陀佛。[二]

——佚名

注释:

[一] 迎阳桥:位于常熟市王庄镇东市梢,东西向跨望虞河支流。始建年代无考,现桥据形制推定为清代中期建筑,单孔石拱,花岗岩构砌。桥长 25.59 米,中宽 3.9 米,矢高 4.6 米,净跨 9 米。现为常熟市文物保护单位。

[二] 第二联似联非联,为佛教用语。

张墓桥联[一]

一

滚滚风涛,东通琴水;[二]
招招舟子,西达锡山。[三]

——佚名

二

张墓门前，与人利己；

尚湖堤畔，示我周行。[四]

——佚名

注释：

［一］ 张墓桥：位于常熟市西南六桥镇，镇因原有六座名桥而得名，现仅余张墓桥。桥为三孔梁式平桥，南北走向，始建年代不详。

［二］ 琴水：常熟南郊水名，又称琴溪。

［三］ 锡山：位于无锡，此处泛指无锡地区。

［四］ 尚湖：常熟南郊临近六桥镇的风景区。

钓渚渡桥联[一]

一

钓渚依然，一水安流通古渡；

卿云犹是，半峰佳气俯平湖。[二]

——佚名

二

路达梁溪，百里湖山新气象；[三]

地名钓渚，千秋人物毓英灵。

——佚名

注释：

［一］ 钓渚渡桥：位于常熟张桥镇与无锡羊尖镇的界河上，又名鸟嘴渡桥（“钓渚”与“鸟嘴”在吴语中读音相同。“鸟嘴”形容常熟这块地像鸟嘴一样插入无锡境内）。因桥附近原有一庆云庵，故又称庆云桥。当地人俗称大桥。始建于明代，明崇祯和清康熙、嘉庆年间多次重修。现桥为同治十年(1871)修建，南北走向，三孔石拱，用青石和花岗岩石材混合构砌。桥长

39.1米，中宽2.5米，矢高10米，中孔净跨9.7米，左右小孔净跨5米。气势恢宏，形态古朴，是常熟市现存最高大的古石拱桥，桥畔即清代著名金石家、文学家钱泳的故居。现为常熟市文物保护单位。

［二］ 卿云：指庆云庵，现已不存。

［三］ 梁溪：无锡别称，河流经钓渚渡入无锡境。

里仁桥联[一]

麟游怀上；

凤喊里仁。[二]

——佚名

注释：

［一］ 里仁桥：位于常熟王庄镇西市梢与无锡交界处。桥两侧一为常熟里仁乡，一为无锡怀上乡。民国初年，两乡合建此桥，并撰联嵌入两乡地名，以示纪念。桥全长10.5米，宽3米。两堍各建有木质桥棚，供行人休息。桥上设置木质栏杆，古意盎然。

［二］ 喊：拟声词，形容凤鸣。

拾诗桥联[一]

鸬鹚群栖竹影暗；

蜻蜓特立荷花秋。

——沈周[二]

注释：

［一］ 拾诗桥：位于常熟市南尚湖。相传姜太公(尚)曾垂钓于此，故名尚湖。拾诗桥位于尚湖中的堤上，为尚湖主要景点之一。

［二］ 沈周(1427—1509)：字启南，号石田，晚号白石翁，江苏长洲(今苏州)人。书画家，为“明四家”之首，吴门画派创始人。

(四) 昆山市

玉龙桥联[一]

一

门对宾曦，水汇三江成锁钥；[二]
场连选佛，路通八达便舟车。

——佚名

二

旧主是玉山，看雁齿重排，一片岚光相映带；[三]
名区推娄邑，认虹腰三折，千年地脉自绵长。

——佚名

注释：

［一］ 玉龙桥：位于昆山市玉山镇东门外，原名玉虹桥，南北向跨古娄江，与玉峰山遥遥相望。始建于明嘉靖年间(1522—1566)，由时任宰相的顾鼎臣主建。清顺治五年(1648)倒塌，顺治十三年(1656)重建。道光五年(1825)又倒塌，光绪二十二年(1896)重建竣工。三孔石拱，全长 40 米，中拱净跨 11.8 米，矢高 7 米，两侧小孔净跨 7 米，桥面宽 4.3 米，有 72 级桥阶，南北向桥堍建有引桥，分别长 15.6 米和 11.5 米。桥中央刻一幅八卦风火图，两坡各有 8 根方形望柱。桥顶有玉石雕成的二龙戏珠图案，细腻逼真，故又名玉龙桥。该桥是昆山市规模最大的古石桥，1991 年 7 月被列为昆山市文物保护单位。

［二］ 宾曦：宾，引导。《尚书·尧典》："寅宾出日。"曦：早晨的阳光。李德裕《柳柏赋》："含轻烟于夕景，泣零露于朝曦。"宾曦意为迎接朝阳。玉龙桥在城东门外，以此来点明桥的方位。三江：东门外有城河、越河、东门街河、横街河等河道，此处以三江通称。

［三］ 看雁齿重排：指桥梁于晚清重修之事。

百禄桥联[一]

一

星潭流衍娄江秀;[二]
西鹿源从天堑来。[三]

——佚名

二

马鞍文笔朝真义;[四]
震泽回澜润宅西。

——佚名

注释:

[一] 百禄桥:位于正仪镇,又名万禄桥、汤家桥,跨娄江。清康熙四十二年(1703)建。桥今已不存。

[二] 星潭:又名落星潭,当地地名。娄江:自苏州娄门东流,经昆山正仪,至太仓入长江。

[三] 西鹿:当地地名。

[四] 马鞍:指位于正仪东的马鞍山,又名玉山、玉峰山,因山形如马鞍,故名。以产昆石而著名。

盛安桥联[一]

近依高阁迎娄水;
直接长堤跨渭塘。[二]

——佚名

注释:

[一] 盛安桥:位于正仪镇。始建年代不详,为单孔石拱桥。1968 年

拆除。

［二］ 渭塘：当地地名.

仁寿桥联[一]

一

虹腰遥映淞波月；[二]

雁齿高连玉岫云。

——佚名

二

富贵若浮云，须仁慈处世；[三]

兴衰由自取，毋刻薄成家。

——佚名

注释：

［一］ 仁寿桥：位于张浦镇北，又名凝秀桥，俗称北环桥，东西向跨乌家浜。清乾隆十二年(1747)建，光绪年间又重建。单孔平桥，麻石构砌。桥长10.1米，宽2.1米。

［二］ 淞波：指吴淞江上的水波。仁寿桥下流水与吴淞江水相连。

［三］ 浮云：飘浮于空中的云，比喻不值得关心的事物。《论语·述而》："不义而富且贵，于我如浮云。"

万寿桥联[一]

一

遥锁玉山浮半壁；

近连淞水架双桥。

——佚名

二

水绕新塘苔绿细；
波回旧苑浪花香。
——佚名

注释：

［一］ 万寿桥：位于张浦镇大直村北，东西向跨卢列浦河。始建于清顺治九年(1652)，康熙二十八年(1689)重建。单孔石拱，花岗石构砌。桥长12.8米，宽2.5米，净跨5米，矢高2.3米。

南浦桥联[一]

一

行时时之方便；
作种种之阴功。[二]
——佚名

二

双虹遥接昆冈秀；
满月交辉淞水清。
——佚名

注释：

［一］ 南浦桥：位于张浦镇南，又称南坏桥。始建年代不详，现桥为清光绪十九年(1893)重建。单孔石拱，全长17.6米，宽2.5米，净跨5.3米。

［二］ 阴功：又称阴德。旧时，谓暗中有德于人的行为。《汉书·丙吉传》：“臣闻有阴德者，必飨其乐，以及子孙。”

广福桥联[一]

梵宇琳宫相辉映；[二]

波光山色正平分。

——佚名

注释：

［一］ 广福桥：位于张浦镇赵陵山之南，又名广顺桥，俗名香花桥。始建于明洪武二十年(1387)，由僧智彰募建。天启四年(1624)重修。现桥为清光绪五年(1879)重建，全长 17.3 米，净跨 4.9 米。

［二］ 梵宇：泛指佛寺。广福桥堍原有著名佛寺兴福寺，现已不存。琳宫：谓神仙所居之处，亦称道院。

种福桥联[一]

一

虹彩亘长空，柳市南头，夜半钟声梅隐近；

龙梁凭远眺，江流东去，日斜帆影淀湖遥。[二]

——佚名

二

壤地接凝熏，迭锁重关风水固，万家生聚；[三]

人天同证善，博施济众川涂巩，百载津梁。[四]

——佚名

注释：

［一］ 种福桥：位于千灯镇南，又名西庄桥，俗称南大桥，跨尚书浦。始建于明代，清康熙年间重建，道光年间重修。单孔石拱，花岗岩构砌。全长 31 米，净跨 9.5 米，矢高 5.3 米，桥面宽 3.7 米。2004 年被列为昆山市文物

保护单位。

［二］ 淀湖：指距千灯镇不远处的淀山湖。

［三］ 风水：也叫堪舆。旧时认为住宅基地或坟地周围的风向与水流等形势，能招致住者或葬者一家的祸福。生聚：谓繁殖人口、聚积财力。

［四］ 川涂：涂，通“途”。川涂，指水路。津梁：指桥梁。《左传·昭公八年》：“今在折木之津。”孔颖达疏：“隔河须津梁以渡。”

永福桥联[一]

一

虹彩耀文明，团团生聚，万家塔影，山峰左右袒；[二]
龙梁蟠巩固，滚滚源游，千载淞风，淀水古今流。

——佚名

二

一曲长虹，欣看气象聿新，南浦群推儒者冠；
半钩皓月，静溯潮流依旧，北风时系古人恩。[三]

——佚名

注释：

［一］ 永福桥：位于千灯镇北，又名启秀桥，俗称北大桥，东西向跨镇北千灯浦。始建于明末，清乾隆五十二年（1787）重建。单孔石拱，花岗岩构砌。全长36米，净跨10米，矢高6米，桥面宽3.8米，桥形高大，蔚为壮观。

［二］ 塔影：指千灯镇古延福寺秦峰塔。寺塔始建于梁天监二年（503），因位于秦柱山之阳，故名。现塔为宋大中祥符元年（1008）重建，为砖身木檐楼阁式七级方塔，底部每边长4.88米，高38.7米。该塔每级收分明显，外观轮廓纤丽，古来有美人塔之称，为千灯古镇的重要文化景观。山峰左右袒：指位于千灯镇两侧不远处的玉山和张陵山。

［三］ 南浦群推儒者冠、北风时系古人恩：均是对顾炎武（1613—1682）的赞扬和怀念。千灯镇是顾炎武的故乡。明亡后，顾炎武组织义军进行抗

清斗争。失败后,以二马二骡为伴,驮着书卷,弃家北上。著有《日知录》、《天下郡国利病书》等名著,七十岁时病逝于山西曲沃旅途,后归葬故里。墓今在千灯镇南的顾炎武故居墓园内。

陶家桥联[一]

一

雁阵排连,北接吴淞而源远;
彩虹环卧,南通薛淀之津长。

——佚名

二

上下摇橹,两岸波平涵半月;
往来人渡,万家鳞密领千波。

——佚名

注释:

[一] 陶家桥:位于千灯镇陶家桥村,跨千灯浦。始建年代不详,明万历年间由陶叔平、沈淞源出资,将木桥改建为石桥(第一联中嵌入了“淞”、“源”二字)。现桥为清乾隆五十五年(1790)重建。单孔石拱,花岗岩构砌。全长 28.9 米,净跨 7.8 米,矢高 4.8 米,桥面宽 5.8 米。桥顶有方形桥亭一座。据言陶家桥村村民系唐陶岘后裔。

凝熏桥联[一]

一

创建从前,溯百五十年济渡;
功德现在,通忆千万人往来。

——佚名

二

眺启秀，玉练拱架千灯浦；[二]

望种福，霓霞普洒淀山湖。[三]

——佚名

三

攀云梯，摘明月，架天堂之桥；

搞建设，奋华夏，铺昆山之路。[四]

——佚名

四

淀山南接，楫过江浙巨川济；

吴淞北通，舟联苏沪贾阜丰。

——陈振旅[五]

注释：

[一] 凝熏桥：位于千灯镇，原名证愿桥，俗称混堂桥，东西向跨千灯浦。始建于明崇祯十年(1637)，清乾隆五十二年(1787)重建。三孔石拱，高6米，宽6米，长35.8米，中拱跨度4.93米。后被拆除。2000年，由两位民营企业家(云明、建华)出资在原址重建，桥型如旧。四副桥联中，前两副是旧联，后两副是新联。

[二] 启秀：指启秀桥，即永福桥，在凝熏桥北。

[三] 种福：指种福桥，在凝熏桥南。

[四] 第三联上下联第二、第五字嵌入两位出资重建者的名字。

[五] 陈振旅：1938年生，江苏昆山人。文化人士，工诗、联。

方泾浜桥联[一]

一

石浦东去,南靠状元码头;[二]

方泾北来,西傍尚书船舫。[三]

——佚名

二

衖称千灯,古称繁华福地;[四]

浜存良渚,人类文明之区。[五]

——佚名

注释:

[一] 方泾桥:位于千灯镇,南北向跨方泾。2001 年新建,单孔石拱,与恒升桥、鼋渡泾桥组成千灯新景观——千灯三桥。

[二] 状元码头:位于千灯浦上的码头,现已不存。

[三] 尚书船舫:位于方泾桥西,为千灯镇的古名胜,今已不存。

[四] 千灯:原名千墩。相传春秋时吴王令自吴都向东沿吴淞江两岸建土墩作为瞭望烽火台。从吴都到千墩,恰逢一千个土墩,千墩由此得名。

[五] 良渚:千灯少卿山为良渚文化遗址,1984 年建昆千公路时进行了发掘,出土了一批良渚文化时期的古玉器,是千灯历史文明的明证。

恒升桥联[一]

一

顾叶涂余兄弟四族;[二]

恒升凝熏姐妹双桥。

——佚名

二

始皇登秦柱，祭海一统；
夏卿下苏昆，治水三江。

——陈振旅

三

吴淞潮起，碧波鼓浪帆风远；
秦峰影落，银河泛波水流长。[三]

——陈振旅

四

耀明星，桑梓永恒同奔小康路；
迎彩霞，旭日东升齐步大富年。[四]

——陈振旅

注释：

[一] 恒升桥：位于千灯镇，东西向横跨千灯浦。该处原有桥，始建年代不详，1949年后改为水泥桥。现桥为2001年所建，三孔石拱，花岗岩构砌，为千灯三桥之一。恒升桥与凝熏桥又被人们称为“姐妹双桥”。

[二] 顾、叶、涂、余：千灯历史上的四大望族，名人辈出。

[三] 秦峰：指千灯的秦峰塔。

[四] 第四联为嵌名联，上下联的第七字分别嵌入“恒升”桥名。

吴家桥联[一]

创建在前明，利济功归吴沈氏；
重建仍旧贯，交通惠及万千人。

——佚名

注释：

[一] 吴家桥：位于千灯镇。该桥为宋元之际吴姓人倡建并出资，明万历三十七年(1610)又由里人沈淞源再次募资监造，故联称“吴沈氏”。拱形

石桥,长 34 米,宽 5.5 米,高 10.5 米。吴家桥造型古朴高大,为昆山现存明代石桥中的珍品。

世德桥联[一]

名媵世德,德□□□;
地接永安,安澜相庆。[二]

——佚名

注释:

[一] 世德桥:位于周庄南北市河与银子浜的交汇处。世德桥与相邻的永安桥被称为双桥,两桥连袂而筑,交叉相连,因桥面一横一竖,桥洞一方一圆,造型别致,形似古代的"L"形钥匙,故通称钥匙桥。双桥中,世德桥东西向跨南北市河,单孔石拱,长 16 米,宽 3 米,跨度 5.9 米;永安桥南北向跨银子浜口,为花岗岩构砌的单孔梁式平桥,长 13.3 米,宽2.4米,高2.81 米,跨度 3.5 米,桥栏由麻条石构砌。两桥始建于明万历年间(1573—1619),清乾隆三十年(1765)重建。世德桥于道光二十三年(1843)重修。永安桥于 1957 年修缮。1984 年,在美国留学的上海青年画家陈逸飞以周庄双桥为素材,创作了油画《故乡的回忆》,画被美国富商哈默购得。当年 11 月哈默访问中国时,将此画赠送给了邓小平,一时传为佳话。该油画 1985 年印上了联合国总部和驻维也纳机构发行的首日封,题名为"和平之桥"。周庄双桥于是名扬天下,1997 年被列为昆山市文物保护单位。

[二] 此联上下联第三、四字,分别嵌入"世德"和"永安"桥名。

全功桥联[一]

一

北濒急水泉源活;[二]
西控遥山地脉灵。[三]

——佚名

二

江上渔歌和月听;[四]

日边帆影带云归。

——佚名

注释:

[一] 全功桥:位于周庄镇北,俗称北栅桥,跨北市河。始建年代不详,相传由全姓人所建,故名。清乾隆三十六年(1771)重建。单孔石拱,花岗岩构砌,长24.1米,宽3.6米,矢高4.6米,跨度7.35米。桥面两坡石阶分别为28级和30级,两侧桥栏用城墙砖砌就,更显古朴。

[二] 急水:指附近的急水港,古称东江,又名蚬江。泉源活:全功桥濒临市河与急水港的交界处,水面宽阔,可称“泉源活”。

[三] 遥山:指苏州附近诸山。

[四] 渔歌:指周庄八景之一——蚬江渔唱。蚬江盛产白蚬、银鱼和鲈鱼三种水中珍品,称三珍,因此渔舟众多,渔歌盛行。听:古代四声中既可读平声,也可读去声,在此读去声。

报恩桥联[一]

一

长虹直吸东垞界;[二]

半月湾环南浦浜。[三]

——佚名

二

排连雁齿千艘集;

镇锁鱼鳞万室安。

——佚名

注释:

[一] 报恩桥:位于周庄镇南,俗称南栅桥,跨周庄南市河。始建年代

不详,清康熙五十年(1711)将原木桥改建为石拱桥,花岗岩构砌。乾隆五十三年(1788)重修。1969年桥圮,被拆毁。

[二] 东垞:周庄镇南的村名,相传为明代巨富沈万三的旧居,后沈万三迁至周庄双桥附近的银子浜。

[三] 南浦:地名,在周庄镇南,又名南湖,也称南白荡,报恩桥即位于此水之滨。"南湖秋月"为周庄八景之一。

十眼桥联[一]

一

长堤映月,水冢香散,玉荡雪鸥寻故地;[二]
飞阁凌霄,片云钟渡,禅院梵音有新声。[三]

——徐伯清[四]

二

橘灯夜读,桃李春风胜秋色;[五]
故土梦萦,锦溪金波通玉浪。

——徐伯清

注释:

[一] 十眼桥:位于锦溪镇之南,南北向跨坟塘港。建于清代中期,桥长52米,有九墩十孔,故名。又有小宝带桥之称。桥高3.1米,中孔跨度3.5米,桥面宽2.7米。桥与古莲池、文星阁、长堤、桃园一起构成古莲景区,一派水乡风光。1997年被列为昆山市文物保护单位。

[二] 水冢香散:十眼桥畔有五保湖,相传南宋初年金兵来犯,宋孝宗携宠妃陈氏途经此处,陈妃病故,孝宗将陈妃水葬于五保湖中,并将锦溪改名为陈墓。

[三] 飞阁凌霄:十眼桥畔有文昌阁,古色古香,气势雄伟。禅院梵音:十眼桥畔有古莲池禅院,面对五保湖湖中的陈妃水冢。

[四] 徐伯清:江苏昆山人。文化人士,善书。

[五] 橘灯夜读:挑灯夜读。锦溪人崇文重教,尊师重道,历史上曾出

现许多文人学士，现有“百名留学生和百名教授之乡”的美称。

槃泉桥联[一]

一

梵声暗渡南塘水；
曙光初开五保湖。[二]

——陆家衡[三]

二

百里湖光连海市；
一溪明月好荷塘。

——陆家衡

注释：

[一] 槃泉桥：位于锦溪镇莲池禅院通往古镇区的必经之路上。槃泉，又称盘泉。槃，大貌。始建于明代，清代多次重修。1949 年改为平桥，1981 年重建，单孔石拱。楹联题款“岁次辛酉春二月”。

[二] 五保湖：槃泉桥南的水域，又称南塘。湖中为陈妃水冢，现为锦溪的重要文化景观。

[三] 陆家衡：江苏昆山人。中国书法家协会会员，国家一级美术师，工书画。

天水桥联[一]

一

愿人常行好事；
愿天常生好人。[二]

——佚名

二

万恶淫为首；

百善孝为先。

——佚名

注释：

［一］ 天水桥：位于锦溪镇北，俗称北观音桥。始建于明永乐五年(1407)，由里人郭子敬修。清顺治年间重修，同治九年(1870)再修。单孔石拱，桥拱为青石，其余为花岗岩构建，长17.4米，宽3.3米，跨度8.78米。现桥保留了明代的建筑风格。拱顶上有一弧形青石，镌桥名“天水桥”三字。

［二］ 第一联似联非联，为佛家用语，劝世人行善。

太平桥联［一］

一

数叠渔歌传鹊架；

一弯溪水达龙门。

——佚名

二

东迎薛淀金波远；［二］

西接陈湖玉浪平。［三］

——佚名

注释：

［一］ 太平桥：位于锦溪镇西，南北走向。始建于明嘉靖三十一年(1552)，清乾隆二十四年(1759)重建。单孔石拱，由青石和麻石构砌，长20.4米，宽3.4米，高5.1米，跨度11.3米。旧时，镇上居民在喜庆吉日时都要跨行此桥，祈求太平安康。

［二］ 薛淀：湖名，位于锦溪镇东，现称淀山湖。

［三］ 陈湖：湖名，亦名澄湖或沉湖，是苏州境内著名的淡水湖，在锦溪镇西。据方志记载："陈湖，相传旧本陈州，沉为湖。迄今湖水清浅时，底有街井、上马石等物，舟人往往见之。"

普庆桥联[一]

两岸烟飞通海市；
一溪浪涌接陈湖。

——佚名

注释：

［一］ 普庆桥：位于锦溪镇南，又名俞家桥，东西走向。清雍正十一年(1733)建，乾隆年间(1736—1795)重修。单孔石拱，长18.7米，宽3.1米，高4.1米，跨度6.8米。

善度桥联[一]

一

津接吴淞笼晓月；
虹凝薛淀数归帆。

——佚名

二

潭涵明月规今古；
驿认官程渡去来。

——佚名

注释：

［一］ 此桥今已不存。

集庆桥联[一]

十字水分两县界；
八里市聚四方人。
——佚名

注释：

〔一〕 集庆桥：位于花桥镇，又名严泗桥，是江苏昆山与上海嘉定的界桥。始建于明洪武七年(1374)，清乾隆四十八年(1783)、道光六年(1826)均重修。桥长 8.5 米，宽 6 米。

徐公桥联[一]

一

横排白鹤凌霄汉；[二]
雄踞青龙镇海潮。[三]
——佚名

二

直接吴淞通碧海；
遥连娄水映文峰。[四]
——佚名

注释：

〔一〕 徐公桥：位于花桥镇，东西向跨徐公浦。始建年代无考，现桥为清代重建。单孔石拱，花岗岩构砌，长 19.6 米，宽 2.9 米，高 3.96 米。

〔二〕 白鹤：地名，在青浦县，与徐公桥邻近。因在平原地带，徐公桥之高有“凌霄汉”的气势。

〔三〕 青龙：指邻近的吴淞江。

［四］ 娄水：又名娄江，起于苏州市娄门，流经昆山、太仓等地，在太仓浏河镇注入长江。

度城桥联[一]

南无阿弥陀佛；

南无阿弥陀佛。

——佚名

注释：

［一］ 度城桥：位于淀山湖镇复光村，东西走向。始建年代不详，清同治二年(1863)重建。单孔石拱，花岗岩与青石混砌，方形望柱。桥长 16.14 米，宽 2.28 米，净跨 5.34 米，矢高4.31米。

(五) 太仓市

亭子桥联[一]

一

顾兔东亭,载酒人迎双岸月;[二]

垂虹南浦,移舟客趁半泾潮。[三]

——沈兰征[四]

二

浩劫阅沧桑,夕汐朝潮□□□;

中流重砥柱,熙来攘往斯地为。

——佚名

注释:

[一] 亭子桥:位于太仓市东,又名东亭子桥,南北向跨半泾河。始建于明洪武年间(1368—1398),由靖海侯吴桢倡修,并在桥堍建亭。景泰年间(1450—1456),进士高宗本将“东亭明月”列为太仓十景之一,并作诗以志。现桥为清光绪二十九年(1904)按原样重建,梁式三孔,花岗岩构砌,长 24.4 米,宽 1.5 米,高 3.5 米。1986 年被列为太仓市文物保护单位。

[二] 顾兔:兔为月的别称,顾兔意为赏月。

[三] 联中以碎锦格形式嵌入地名“东亭”、“半泾”。半泾:地名,又称半泾河。

[四] 沈兰征:生卒年不详,江苏太仓人。清末著名文士。

万春桥联[一]

东海潮生飞锦鲤；
南郊雨过浴长虹。

——佚名

注释：

[一] 万春桥：位于太仓市璜泾镇东街底，俗名叫化桥。清嘉庆二十一年(1816)建，南北向跨市河，三孔石梁平桥，花岗岩构砌，长23.66米，宽1.63米。

南桥联[一]

愿人常行好事；
愿天常生好人。

——程济

注释：

[一] 南桥：位于太仓市双凤镇普福宫门前，单孔石拱，花岗岩构砌。据传明燕王朱棣攻入南京后，建文帝朱允炆出逃，曾到过双凤普福宫，翰林院编修程济化作僧人，亦随建文帝出逃到此。此后程济留在普福宫出家为僧，曾作《从亡随笔》，并多行善事，双凤南桥即由其倡建。建桥时，程济书写此联以资纪念。

上冈桥联[一]

乘槎客至思灵凤；
提经人来访影文。[二]

——郑和[三]

注释：

［一］ 上冈桥：位于太仓市双凤镇。相传上冈桥是由建双凤南桥的程济于古稀之年而建，桥的龙门上刻“二龙抱柱”图。程济去世后，太仓人又在附近建程济祠以祀之。

［二］ 郑和奉明成祖朱棣之命出使西洋，经太仓刘家港，听说建文帝曾到过太仓双凤，因而他也来到双凤普福宫。宫内老道问郑和为何在百忙中来访，郑和即回答联语中十四字。后程济在建上冈桥时，将此十四字作为桥联勒石于楹柱上。灵凤，指太仓双凤；影文，谐音建文帝的名字“允炆”。

［三］ 郑和(1371—1433)：原姓马名和，小名三宝，又作三保，云南昆阳人，回族。中国明代航海家，外交家。

利济桥联[一]

一

何处传书，想黄石赤松归去；

有谁题柱，乘高车驷马而来。

——佚名

二

娄江映带，问何时潮接唯亭；

印水回环，看此地钟声古寺。[二]

——佚名

注释：

［一］ 利济桥：位于太仓市沙溪镇西市街，俗称新桥，南北向跨戚浦塘。始建年代无考，明崇祯七年(1634)重建，由木桥改建为石桥。现桥为清中期重建，单孔石拱，花岗岩构砌，长 16 米，宽 2.7 米，孔高 5 米，桥面南北两坡共有石阶 32 级。1980 年 9 月被列为太仓市文物保护单位。

［二］ 古寺：指桥附近的长寿寺，现已不存。“长寿钟声”与“戚浦听潮”、“北院荷香”等，构成历史上的沙溪八景。

伯埙桥联

此地与豪杰挺身,再来取履迎黄石;[一]
是桥赖善人建筑,□□□□□清流。

——佚名

注释:

[一] 黄石:即黄石公,典出汉初良相张良圯桥取履的故事。

曲桥湖心亭联[一]

一

四面荷花三面柳;
半湾流水一湾桥。

——佚名

二

四围疏柳,三径荒苔,人来通海泉旁,古寺夕阳供凭吊;[二]
一曲小桥,半湾流水,地接学山园外,平林烟景足勾留。

——佚名

注释:

[一] 曲桥湖心亭:位于太仓市人民公园内。园内有湖,湖上有曲桥,中置一亭,名湖心亭。现亭已不存。

[二] 通海泉:传说湖底直通大海,故称。古寺:指海宁禅寺。古寺被毁后,在其遗址上建今太仓人民公园。

伯兴桥联[一]

一

舆梁幸获观成，为送析薪惭负荷；[二]

泉壤差堪告慰，勉将鞭石费经营。[三]

——佚名

二

为帮人履屩所经，重见跨虹规故迹；[四]

完世父济涉之愿，倘来题柱诵清芬。[五]

——佚名

注释：

［一］ 伯兴桥：位于太仓市与昆山市交界处，又名塘桥、西亭子桥，东西走向。此地位处吴塘、浏河塘与至和塘三水交汇处，为交通要道，行旅众多，原有便桥和船渡，民国十八年(1929)，太仓名士王伯兴出资建桥。桥未成伯兴即去世。伯兴临终前遗言，要其侄王锡圭从简丧事，节资将桥竣工。民国二十三年(1934)秋桥成，花岗岩构砌。为纪念王伯兴，王锡圭将桥命名为“伯兴桥”。桥于 1986 年被列为太仓市文物保护单位。

［二］ 舆梁：横架于桥上之板。析薪：即砍柴。

［三］ 鞭石：即建桥。

［四］ 履屩：鞋，通常指草鞋。规故迹：规，同“窥”。指桥建成后，可在桥上看见三江故迹。

［五］ 世父：指伯父。

（六）张家港市

太平桥联[一]

一

人杰地灵慈善业；
年丰民乐太平时。

——佚名

二

潮分南北舟□兴；
路转东西客去来。

——佚名

注释：

［一］ 太平桥：位于张家港市泗港街道白鹿社区，又名大桥，东西走向。清光绪二十年（1894）建，民国八年（1919）重建。三孔梁式板桥，花岗岩构砌。长 24.8 米，宽 2 米，高 3.6 米，中孔跨径 5.35 米。桥梁中孔上方两侧桥名石上刻“太平桥”三字。1998 年被列为张家港市文物保护单位。

太平桥桥亭联[一]

僧归古寺钟声动；
人在孤舟月色明。

——丘崇

注释：

［一］ 太平桥桥亭：位于张家港市泗港街道。民国八年(1919)太平桥重建时，曾在桥堍建亭，供来往行人休息。亭柱上刻此联，正楷阴刻，书法隽秀。现桥亭与联石均已不存。

无锡市

（一）市区

清名桥联[一]

锡岭龙峰对峙，□□□□□□□□；
梁溪伯渎媲美，□□□□□□□□。[二]

——佚名

注释：

［一］ 清名桥：位于无锡市南门外古运河与伯渎港交汇处，东西向跨古运河。始建于明代万历年间（1573—1620），原名清宁桥，清康熙八年（1669）、乾隆三十一年（1766）、道光二十年（1840）三次重修。道光二十年（1840）重修时，为避道光帝“旻宁”名讳，改名为清名桥。咸丰十年（1860）毁于战火，同治八年（1869）重建。单孔石拱，拱圈结构为分节并列式，花岗岩构砌。桥长 43.3 米，宽 5.5 米，高 8.5 米，桥孔跨径 13.1 米。桥面石阶东坡 37 级，西坡 36 级。该桥是无锡市区保存完好规模最大的古代石拱桥。1986 年被列为无锡市文物保护单位，现为江苏省文物保护单位。

［二］ 此联刻于清名桥北侧楹柱上，28 字，阳文。南侧楹柱上也刻有 22 字的阳文楹联。此两联在“文革”中均被毁，所录 12 字为楹联爱好者记忆中的残联。

宝界桥桥亭联[一]

一

湖光开霁色；[二]
虹影卧斜阳。

——佚名

二

山深樵唱起；[三]

烟外橹声遥。

——佚名

注释：

［一］ 宝界桥：位于无锡市西南部太湖的五里湖上，又称长桥，南北走向。始建于民国二十三年(1934)，由著名实业家荣德生倡议并募资建成。桥长375米，宽5.6米，高7米，60孔，最大孔跨径10米，矢高5米。因桥南部近宝界山，故名。2011年被列为江苏省文物保护单位。宝界桥桥亭：民国二十四年(1935)宝界桥建成后，在桥北堍建亭，俗名歇脚亭。现亭已不存。

［二］ 霁色：雨后天空放晴的景色。

［三］ 山深樵唱起：宝界桥南部多山，民国时期，此地林深草密，常闻樵夫歌声。

蠡桥联[一]

犹是济人，收拾风波占利涉；[二]

不须唤渡，沟通乡道此权舆。[三]

——佚名

注释：

［一］ 蠡桥：位于无锡市仙蠡墩畔。建于民国十九年(1930)，由实业家荣德生倡议并募资建成。传范蠡与西施泛舟五里湖时曾停留建桥处，故名蠡桥。桥长75米，宽6米，梁式平桥。桥建成后，结束了从无锡城区去开原、扬名两地必须摆渡的历史。

［二］ 利涉：利于渡河。《易·需》："利涉大川，往有功也。"

［三］ 权舆：开始。

吴桥联[一]

一

地本勾吴，姓氏千秋看题柱；[二]
君真卧佛，津梁一笑即凌云。

——寒崖

二

独输两万两，高义不忘季子诺；[三]
相看咫尺地，令名永与伯通齐。[四]

——寒崖

三

虹影落金山，忆从前估客耕夫，官塘苦唤斜阳渡；[五]
秋风冷铁柱，知此后星移物换，口碑不没惠人名。[六]

——丁宝书[七]

注释：

［一］ 吴桥：位于无锡市黄埠墩西，又名黄埠墩洋桥，横跨大运河。始建于民国四年(1915)，次年竣工，为仿上海外白渡桥式样而建的三跨钢桥。桥长 77 米，总宽 6 米，其中车道宽 4 米，两侧人行道各宽 1 米。1965 年和 1993 年均改建。现桥为一座现代化的大型桥梁。

［二］ 勾吴：勾是荆蛮语中的发声词，无实际意义。勾吴即吴。

［三］ 季子：为吴王诸樊之弟季札，多次推让君位，封于延陵和州来，称延陵季子或州来季子。季子诺，指季子是实践承诺的人。季子将使晋，佩剑过徐君。徐君观剑不言，而心求之。季子为有使命，未献剑，然心已献之。季子使晋归，徐君已亡，季子遂将剑挂于徐君墓旁的树上而去，以兑现承诺。

［四］ 伯通：指汉代高士、谏议大夫皋伯通。伯通为人仗义，乐于助人。此处以季子、伯通来赞扬捐助建造吴桥的无锡源康丝厂经理吴子敬。吴子

敬(1875—1916),皖籍丝绸商。

［五］ 金山:指黄埠墩,又名小金山。官塘:塘,堤岸。官塘,指大运河堤岸。因运河为官用水道,故名。

［六］ 冷铁柱:吴桥初建时为钢铁梁架,洋松木桥面,故名。口碑:比喻民众口头的称颂。《五灯会元》卷十七:"劝君不用镌顽石,路上行人口似碑。"

［七］ 丁宝书(1866—1942):字云轩,江苏无锡人。清光绪举人。工书,善画,尤擅作花鸟。

石塘桥联［一］

乌鹊架长溪,横锁一湖春水;［二］

彩虹接嶰麓,斜联半壁秋山。［三］

——邵濂［四］

注释:

［一］ 石塘桥:位于无锡太湖街道石塘山东五里湖南端,跨长广溪。五里湖水南经石塘桥进入长广溪,最后注入太湖。现桥处原有广济桥,然屡建屡毁,明隆庆年间(1567—1572)始建石拱桥石塘桥。后经多次重修,现已改为钢筋水泥桥。

［二］ 乌鹊:与下联的彩虹均系桥的别称。

［三］ 嶰麓:嶰,山涧。嶰麓,指接近山涧底部的位置。

［四］ 邵濂:生卒年不详,字若泉,无锡开化人,工诗词。

横山桥桥亭联［一］

白苹古岸溪光淡;

红树秋山涧壑幽。

——萧涤时

注释:

[一] 横山桥:位于无锡市雪浪山东麓的五里湖支流长广溪上,东西走向。始建年代无考,原桥单孔石拱,现已拆毁,改为钢筋水泥桥。桥亭:横山桥畔原建有一亭,供过往行人和在田间劳作的农民休息时用。该亭原悬有国民党元老、著名诗人、书法家于右任书写的"望溪亭"匾一方,因此名声大振。此联即镌刻在望溪亭朝南的石柱上。"文革"中,望溪亭被毁,匾额与楹联均散失不存。

归舟桥联[一]

却看万栖凤荷,舞破霓裳留棹住;[二]
此去五湖烟水,载将月色过桥来。

——陈子春

注释:

[一] 归舟桥:位于无锡市太湖边,是周边渔民出入太湖捕鱼的必经之处,始建年代无考。

[二] 霓裳:即《霓裳羽衣舞》的简称。其舞、乐和服饰均极力展现虚无缥缈的仙境和仙女形象,唐开元中(713—741)盛极一时。此处用以形容"万栖凤荷"的美姿。

皋桥联[一]

九峰迎塔影;
五泻接江天。

——佚名

注释:

[一] 皋桥:位于无锡市惠山之北古运河与锡澄运河交汇处。建桥之地名皋墩。因皋墩地形偏高,故所建桥也特别高大,为无锡的第一高桥,故又称高桥。单孔石拱,拱顶约高 20 米,拱径 10 米,桥旁建有十里长亭,供纤

夫、行人歇脚。1970 年桥及桥亭均被拆毁，现已不存。原桥联与十里长亭上镌刻有三副楹联，均散失不存，本联系楹联爱好的年长者记忆中的一副残联。

鸿桥联[一]

隔水卧长虹，万顷烟波来管社；[二]
扁舟游仙蠡，五湖风景接梁溪。

——佚名

注释：

［一］ 鸿桥：位于无锡市滨湖区，南北向跨梁溪河。桥建于民国二十年(1931)，花岗岩构砌。桥所跨之古溪，曾疏浚于梁大同年间(535—546)，又传东汉高士梁鸿、孟光隐居时曾在此溪上流连，故名梁溪。为纪念梁鸿，桥建成后名鸿桥。

［二］ 管社：当地地名管社山。

鸿桥桥亭联[一]

揽景惬清游，试看虹卧烟波，鱼行碧沼；
纳凉来小坐，绝胜竹留佳客，樾荫暍人。[二]

——佚名

注释：

［一］ 桥亭：鸿桥建桥时，曾在南堍建凉亭，供过往行人纳凉休息，1990 年拆毁。

［二］ 樾荫暍人：樾荫，指树荫。暍人，指中暑或伤暑之人。意为在凉亭纳凉休息，以防中暑。

耕读桥联[一]

一

沃壤植桑麻，抱布贸丝人利涉；[二]
佳名易耕读，高车驷马客留题。

——佚名

二

南里岁丰穰，风送稻花香匝地；[三]
西溪波潋滟，云沉菰米水如天。

——佚名

注释：

［一］ 耕读桥：位于无锡古运河与梁溪支流菰渎港交汇处。桥所跨之水两岸地势低洼，盛产茭白。茭白古称菰或菰首，故名菰渎港。河上原有桥，称菰渎桥。始建年代不详，明崇祯三年（1630）重建，清康熙三十五年（1696）、嘉庆二十二年（1817）均重修。光绪二十三年（1897）菰渎桥将圮，无锡名人章钧倡议重建，并将桥名改为耕读桥（谐音菰渎桥），以示高雅。桥为单孔石拱桥，花岗岩构砌，长 27 米，宽 3.65 米，净跨 6.8 米，矢高 3.45 米。桥面两坡各有石阶 22 级。桥堍建有凉亭，供行人休息。

［二］ 抱布贸丝人利涉：耕读桥的建成，方便了无锡东南诸乡镇居民的交通往来，既利商贸，又利行人。

［三］ 丰穰：五谷丰饶。匝地：遍地。

耕读桥桥亭联

胜地重新，在红藕花中，绿杨荫里；
箫声依旧，看长天一色，朗月当空。

——佚名

普济桥联[一]

一

枕流横锁湖光绿；
面水遥涵山色青。

——佚名

二

可嘉石拱萱亲臆；
孕纳征帆诉远情。

——佚名

注释：

［一］ 普济桥：位于无锡市滨湖区南泉社区结籽湾东端的银春渚，东西向横跨银渚港，又名银渚港桥。遥对东太湖，北临梁溪河。桥始建于清乾隆二十七年(1762)，单孔石拱，花岗岩构砌，结构严谨，古朴庄重。桥身较短，桥面两侧立望柱，望柱间以整块金山石为桥栏。桥南侧拱孔上方栏杆石刻桥名“普济桥”三字。1993 年拆毁。

泰定桥联[一]

北瞰龙山，数点远峰青未了；[二]
南通蠡渎，一湾流水白无边。[三]

——徐萼芳

注释：

［一］ 泰定桥：位于无锡市滨湖区中桥街道。始建年代无考，1949 年后曾改建，现已不存。

［二］ 龙山：一名龙峰，指位于桥北的无锡惠山。

［三］ 蠡渎：指从蠡园到五里湖的水域。

周京堂桥联［一］

一

似视荣华同幻境；
聊为标识便村农。

——佚名

二

普渡原是佛子意；
题名犹念胜朝恩。

——佚名

注释：

［一］ 周京堂桥：原位于无锡市滨湖区太湖街道东绛社区。东西走向，单孔石拱，花岗岩构砌。始建年代无考，1980年迁至无锡鼋头渚风景区“藕荡深处”长堤上，2005年拆毁。

巡塘桥联［一］

涟漪原接棠甘湆；
历揭休吟匏苦诗。

——佚名

注释：

［一］ 巡塘桥：位于无锡市滨湖区华庄街道巡塘社区。始建年代无考，现桥为晚清所建。单孔石拱，花岗岩构砌，长17.2米，宽2.8米，净跨4.5米，矢高2.5米。桥中龙门石上刻如意水波纹，桥梁上刻“重建古巡塘桥”六字。

泗堡桥联[一]

一

菰远吴江联桂楫；[二]

波涵柳色映梨庄。[三]

——佚名

二

新涨鸭头排砥柱；

□□鹤□□□□。

——佚名

注释：

［一］ 泗堡桥：原位于无锡市北塘莲蓉桥畔的荷叶村，东西走向，桥下流水与古运河相通。始建年代无考，清嘉庆七年（1802）重建。咸丰十年（1860）毁于战火，同治七年（1868）左右又重建。单孔石拱，花岗岩构砌，形制古朴。1980年后移建于无锡鼋头渚风景区入口处西北的“藕荡深处”长堤上，成为风景区中的新景点。在拆迁过程中，桥北楹柱上的对联被损，成为残联。

［二］ 桂楫：船的别称。

［三］ 梨庄：指位于吴江盛泽红梨渡，俗名梨庄。相传明代巨富沈万三曾在此植梨树，故名。此联似显示泗堡桥所在的荷叶村与吴江的梨庄之间在历史、人文上有某种关联，待考。

梁塘桥联[一]

一

复整津梁，若似长虹跨河汉；

重增锁钥，犹如新月渡云霄。

——佚名

二

曲水连星云，遥映物华天宝；
溪光射牛斗，广曜人杰地灵。

——佚名

注释：

[一] 梁塘桥：位于无锡市扬名街道梁中社区。清光绪八年(1882)建，单孔石拱，花岗岩构砌，长 25.8 米，宽 4.45 米，净跨7.3米，矢高 4.47 米。1980 年后拆毁，今已不存。

邢墅桥联[一]

邢王聚族居桥东；
沈氏成村列河西。

——佚名

注释：

[一] 邢墅桥：位于无锡市东绛社区，东西走向。此联似联非联，仅表明桥两侧村民的姓氏而已。

葛埭桥联[一]

一

长溪弯一曲；
军嶂峙千秋。[二]

——佚名

二

昔日成梁犹姓葛；
今朝建镇增名埭。

——佚名

注释：

［一］ 葛埭桥：位于无锡市南部的雪浪街道，跨通往五里湖之长溪。始建年代无考，现桥为花岗岩构砌。

［二］ 军嶂：附近山名，亦称军山，位于太湖岸边，海拔230米。

横山桥联[一]

长溪烟波通震泽；
横山峰峦接军嶂。

——佚名

注释：

［一］ 横山桥：位于雪浪街道。

烧香浜桥联[一]

笠泽烟雾轻舟去；
军山苍翠迎客归。

——佚名

注释：

［一］ 烧香浜桥：位于雪浪街道。

上库桥联[一]

烟波浩渺连笠泽；
溪光漪涟渡洪邱。

——佚名

注释：

［一］ 上库桥：位于无锡市南部太湖之滨的南泉社区。

大西桥联[一]

一

隆亭光复先贤宅；[二]

伯渎遥通学士桥。[三]

——佚名

二

蓉峰远映风樯外；[四]

梅里平连云水中。[五]

——佚名

注释：

［一］ 大西桥：原名永安桥，位于无锡市东部的东亭街道。始建年代无考。古时桥顶有亭名龙亭，故桥又名龙亭桥。

［二］ 隆亭：东亭旧名。隆亭改名东亭，缘于当地先贤华察。华察，明嘉靖年间(1522—1566)高官，著名学士，俗称华太师，为官清廉，秉性耿直。嘉靖二十四年(1545)，“抗疏乞归，拂衣归田”。回到故乡后，在隆亭建造了豪华府第，遂有“华太师造龙庭”之说。有人在皇帝面前诬告华察有意谋反。华察闻后，决定将隆亭改名东亭，因此民间有“千日造隆亭，一夜改东亭”的传说。先贤：即指华察。

［三］ 伯渎：指伯渎港，又名泰渎，当地河流名，流经东亭、梅村等地。相传是吴国第一位君主泰伯所开。学士：指华察。华曾官拜侍读学士，掌南京翰林院。

［四］ 蓉峰：指当地的芙蓉山。

［五］ 梅里：相传为吴国的发祥地，今称梅村。相传泰伯墓即在此地。

老塘桥联[一]

一

春风自信牙樯动;[二]

迟日徐看锦缆牵。[三]

——佚名

二

倚槛俯芳洲,看上下龙峰,倒影不殊明镜里;[四]

临津当要道,数往来鹢首,行程都在卧虹中。

——佚名

注释:

[一] 老塘桥:位于无锡市东亭街道北,南北向跨九里河。建于清乾隆年间(1736—1795),桥门高大,昂如龙头,民间俗称龙头桥。原桥今已不存,在原址重建了新桥,俗称新塘桥。

[二] 春风自信:指春风守信,按时到来。牙樯:指船的桅杆。

[三] 迟日徐看:迟日,指春日。杜甫《绝句两首》:"迟日江山丽,春风花草香。"徐看,安闲自得地欣赏春光。

[四] 龙峰:指无锡惠山。上下龙峰,意指在老塘桥下的河流里可见到龙峰的倒影,此景"不殊明镜里"。

张公桥联[一]

昔日受书于圯上;[二]

桥名张公想子房。[三]

——佚名

注释:

[一] 张公桥:位于无锡市东部的梅村街道。

［二］ 圯:桥。

［三］ 子房:汉初大臣张良,字子房。据传,张良曾于下邳圯上得黄石公所授《太公兵法》一书,后成为名臣。

鸭城桥联[一]

一

碧水飞凫,万古吴王圣迹;
清溪映月,千年学士遗规。

——佚名

二

风帆远送,东来吼岭穿云;[二]
虹架高临,西去隆亭接涨。[三]

——佚名

注释:

［一］ 鸭城桥:位于无锡市东东亭、坊前和查桥的交界处,南北向跨九里河。始建于清初,单孔石拱,花岗岩构砌,是锡东地区体量最大的石桥。1980年后拆毁,改建为钢筋水泥的公路桥。传说泰伯曾在此地放牧飞凫,驯化野鸭,因驯养过多,鸭群聚集,塘岸如城墙,故名鸭城。后在此建桥,亦名鸭城桥。

［二］ 吼岭:指位于桥东北的吼山。

［三］ 隆亭:指位于桥西的隆亭,现名东亭。

大成桥联[一]

胜迹平分,右梁溪左虞麓;[二]
浩流奔赴,前宛山后长江。

——佚名

注释:

［一］ 大成桥:位于无锡市安镇街道大成村,跨宛山荡北小河。始建于明代。单孔石拱,花岗岩构砌,纵联分节并列式拱券。长 30 米,宽 3.1 米,净跨 9.2 米,矢高 5 米。

［二］ 梁溪:无锡的雅称。虞麓:指位于常熟的虞山。此处代指常熟,安镇位于常熟和无锡之间。

石埭桥联[一]

一

九里鸭头移摆去;[二]

七云鱼尾送帆开。[三]

——佚名

二

甫登鹊背游梅里;[四]

旋驾鼍梁赏吼峰。[五]

——佚名

注释:

［一］ 石埭桥:位于无锡安镇街道查桥社区吼山附近,南北向跨九里河。始建年代不详,民国初年重建。

［二］ 九里鸭头:指位于石埭桥西的鸭城桥。

［三］ 七云鱼尾:七云,指吼山,又名七云山。山上原有道观七云道院,道院屋顶正脊上饰有鱼尾状鸱尾。七云道院今已不存。

［四］ 鹊背:指桥面。梅里:指古镇梅村,泰伯墓在此。

［五］ 鼍:爬行动物,即扬子鳄,通称猪婆龙。鼍梁,指河堤。

严家桥联[一]

地脉溯澄江，万派源来由蠡涸；[二]
水流通沪渎，一番风送过鹅湖。[三]

——佚名

注释：

[一] 严家桥：位于无锡市羊尖镇严家桥村，东西向跨严羊大河。桥始建于元末明初，由附近严姓大户出资修建。初为木桥，清康熙年间(1662—1722)改建为石桥。民国八年(1919)重建。单孔石拱，花岗岩构砌。桥长7米，宽1.5米，东西各有石阶13级，桥梁楹柱上镌刻两副桥联。1972年，桥被拆毁，改建成钢筋水泥的公路桥。原桥遗物散失，桥联亦不存，本联据文物爱好者在今石级及桥身上发现的残刻而录。

[二] 澄江：江苏江阴的别称。蠡涸：地名，在严家桥北。

[三] 鹅湖：附近的水域名。

梓良桥联[一]

一

故里近依瞻亲舍；
新梁普渡化慈航。[二]

——佚名

二

北接梁溪怀祖泽；
南通虞麓谒先型。

——佚名

注释：

［一］ 梓良桥：位于无锡市羊尖镇严家桥村的唐氏仓厅南，东西向跨永兴河。始建于清光绪三十年（1904），初名唐家桥，由当地富户唐氏家族出资兴建。单孔石梁，花岗岩构砌，长 17.7 米，宽 1.8 米。桥建成后，桥名石上镌刻“梓良桥”三字，含有对先祖的思念和对乡亲的眷恋之意。

［二］ 慈航：慈航普渡，佛家用语，指佛以慈悲之心普渡众生出苦海。此处指唐家兴建此桥，便于民众出行。

洛社大桥联[一]

花渡束蛟流，万古川原镇惠麓；[二]

梵宫连雁齿，一泓晴涨接毗陵。[三]

——佚名

注释：

［一］ 洛社大桥：位于无锡市西北洛社镇，跨古运河。始建年代不详，清咸丰十年（1860）毁于战火，光绪十二年（1886）重建。单孔石拱，花岗岩构砌。1971 年被拆毁，改建为钢筋水泥的双曲拱公路桥。

［二］ 花渡：意指桥梁。蛟流：指大运河如蜿蜒的蛟龙一般。惠麓：指今洛社一带位于无锡惠山之麓。

［三］ 梵宫：指洛社大桥附近的古开利寺，寺院山门面对洛社大桥。毗陵：常州的古称。

陆墟桥联[一]

雁齿云排，红迷桃岸；[二]

鸭头春涨，绿漫柳堤。[三]

——佚名

注释：

［一］ 陆墟桥：位于无锡市陆区镇普照村，东西走向。陆区古称陆墟，因以为桥名。始建于南宋宝庆三年(1227)，由当地名人陆灿用当地的阳山石所建。明成化二十年(1484)重修，清咸丰五年(1855)又重修。单孔石拱，黄石构砌，长近7米，宽约2米。桥两侧楹柱上刻八言阳文楹联两副。本联为桥北侧的一副，桥南侧的楹联已漫漶不清。

［二］ 雁齿、云排：均为桥的别称。

［三］ 鸭头：指鸭头绿，代指绿色，即桥下的流水色。

藕塘桥联[一]

梦入江南烟水路；

神游锡北藕塘桥。

——张春燕[二]

注释：

［一］ 藕塘桥：位于无锡市西北藕塘社区。

［二］ 张春燕：1944年生，河北高碑店人。中国楹联学会会员，江苏省楹联研究会会员。

(二) 江阴市

五云桥联[一]

一

桥卧长虹,亿万姓咸歌利济;[二]
江澄净练,百千年常庆安澜。[三]

——蔡澍[四]

二

建一邑之鸿规,会其有拯;[五]
乐万民之利济,惠节无疆。

——蔡澍

注释:

[一] 五云桥:位于江阴市南门外,东西向跨运粮河。始建于明万历年间(1593—1620),清康熙二十二年(1683)桥坍重建,乾隆五年(1740)知县蔡澍捐资重修并撰书桥联。清道光及民国年间又数次加固,增筑桥堍,至今完好。桥长 33 米,高 7 米,顶宽 4 米,堍宽 5 米。五云,指五色彩云,示意吉祥。1992 年 9 月被列为江阴市文物保护单位。

[二] 利济:即利涉。

[三] 江澄净练:指桥下的流水明净澄澈,语出谢朓诗句"澄江净如练"。

[四] 蔡澍:生卒年不详,清雍正进士,乾隆五年(1740)任江阴知县,任上捐资修五云桥,并撰书桥联。

[五] 鸿规:即宏规,宏大的规划。拯:拯救援助。

胜水桥联[一]

一

曾有霞仙居北垞；[二]
依然虹影卧南旸。[三]

——佚名

二

胜境重新，舟驶人行通海宇；[四]
水影依旧，清流激湍映天然。[五]

——佚名

注释：

［一］ 胜水桥：位于江阴市霞客镇湖庄村东首徐霞客故居前，南北走向。徐霞客(1587—1641)，名弘祖，字振之，号霞客，我国古代著名的地理学家、旅行家、散文家。传说徐霞客每次出游，其母都要送行至此桥。桥始建于明代，清代重修。1924 年、1985 年均进行修建。单孔石拱，麻石构砌，长 19.4 米，宽 2.5 米，高 3.2 米，共有石阶 24 级，展现了明代江南小桥的风格。1982 年 8 月被列为江阴市文物保护单位。

［二］ 北垞：即徐霞客故居。

［三］ 南旸：湖庄村又名南旸村。

［四］ 海宇：即海内、宇内之意。古人认为我国疆土四面环海，故称国境以内为海内。

［五］ 第二联上下联首字以鹤顶格形式嵌入“胜水”桥名。

马镇桥联[一]

一

砥柱锁鲸波，百须绿将芦荡远；[二]
咽喉呼鸭浪，一泓碧傍竹村流。

——佚名

二

蟹爪浪汹银，万斛水流迎北渚；[三]
虹腰波映玉，一举山势接西胶。[四]

——佚名

注释：

［一］ 马镇桥：位于江阴市霞客镇东南老马镇街东梢，东西向跨江阴与无锡惠山区的界河。始建于明景泰年间（1450—1456），民国年间重建，1996年修缮。单孔石拱，青石拱券，桥身与桥面由青石和花岗岩混砌。长32.5米，高5.5米，顶宽3.1米，堍宽5.3米，净跨7米，矢高5.5米，桥南北坡共有石阶42级。1985年被列为江阴市文物保护单位。

［二］ 鲸波：指巨浪。百须绿：指河岸边的芦苇叶如众多的绿须。

［三］ 蟹爪浪汹银：指河水冲击桥时激起的浪花，状如蟹爪，色似白银。

［四］ 西胶：指桥南不远处的无锡堰桥西高山。

苏墅桥联[一]

一

桥跨东西，别墅遗碑传苏老；[二]
港通南北，活人厚泽溯陶公。[三]

——佚名

二

修竹茂林，映带左右；

凌波倒影，行李往来。[四]

——佚名

注释：

［一］ 苏墅桥：位于江阴市新桥镇北苏墅村，东西向跨蔡港河。始建于明嘉靖年间（1522—1566），初为木桥，名景家桥。万历四十三年（1615）改建为石桥。建桥中，因拆得刻石“东坡别业”，故易为今名。清代数次重修，并在桥顶的桥名石上书“苏墅活人桥”五字。三跨石梁，花岗岩构砌，长 17.6 米，高 4.2 米，宽 3.5 米。

［二］ “别墅遗碑传苏老”句：明万历年间，当地白龙山南曾出土“东坡田舍”石碑一方。相传苏东坡晚年留住常州时曾来此地购置田园，桥因此名苏墅桥。

［三］ “活人厚泽溯陶公”句：相传清顺治五年（1648），邑人陶尚虞重修此桥，桥落成时，正值当地灾荒严重，陶公便在桥堍建棚，施粥赈饥，救活多人。故此桥俗称活人桥。

［四］ 行李：指过往行人。

犀带桥联[一]

一

途分南北通三邑；[二]

水判东西贯百川。

——佚名

二

遥凌古渡悬明镜；[三]

静锁流波卧彩虹。

——佚名

注释：

［一］ 犀带桥：位于江阴市顾山镇西街，原名西桥，又名锦带桥，南北向跨里岸河。相传南朝梁昭明太子萧统(501—531)曾在江阴顾山香山寺西南建读书楼，编《昭明文选》，与乡民们相处和睦。太子离去之际，百姓送至桥头，太子赠与身上的锦带，以作纪念。因锦带上有犀牛角制成的饰物，故锦带又称犀带，该桥也因此得名。桥于清乾隆年间(1736—1795)改建为石桥，嘉庆十年(1805)和光绪二十五年(1899)两次重修。单孔石拱，花岗岩构砌，长16.9米，顶宽2.5米，堍宽3.2米，高5.4米，净跨6.8米，矢高3.5米，两坡石阶各22级。拱顶有四个雕饰狮子的方形望柱，雕刻精美。1992年9月，犀带桥被列为江阴市文物保护单位。

［二］ 三邑：指江阴、常熟和无锡三地。

［三］ "遥凌古渡悬明镜"句：远望横跨里岸河上的犀带桥，半圆形的桥洞及倒影如一面明镜。

永安桥联[一]

一

戊子落成，乃川流而峙；[二]

东南通利，惟巽洁离明。[三]

——佚名

二

水会江湖安锁钥；

桥通南北永康庄。

——佚名

注释：

［一］ 永安桥：位于江阴市顾山镇永安村，南北向跨老张家港河。始建于清乾隆三十三年(1768)，三跨石梁，花岗岩构砌，全长25.9米，桥面宽1.71米，中孔跨度6.5米，高4米。

［二］ 戊子：指清乾隆三十三年(1768)，岁次戊子。

［三］ 巽洁离明：巽，八卦之一，为木，为风。离，八卦之一，为火，为电。巽洁离明，意指时逢吉日。

黄庙沟桥联[一]

一

郊游揽辔随高下；[二]

野眺驱车任往来。

——佚名

二

桥照岫崃千秋壮；[三]

人过横涛万载惜。[四]

——佚名

注释：

［一］ 黄庙沟桥：位于江阴市南闸街道苏家村，东西向跨斜泾河。始建于明代，清代和民国年间数次重修。单孔石拱，拱券用青石，桥面为金山石，长 14 米，高 5 米，宽 2.8 米，净跨 6 米，矢高 3.5 米。1982 年在桥北新建钢筋水泥桥，此桥即被拆除，现仅存遗址。

［二］ 揽辔：指骑马行进。

［三］ 岫崃：当地山丘名。

［四］ 万载惜：指人们应永远珍惜此桥。

太平桥联[一]

一

人杰地灵慈善业；

年丰人乐太平时。

——佚名

二

潮分南北舟容与；[二]

路转东西客去来。

——佚名

注释：

［一］ 太平桥：位于江阴市华士镇蔡河村。始建于清代，民国三十四年(1945)重建，为单孔石板桥，花岗岩构砌。桥长 14.3 米，高 7.2 米，宽 2.5 米。现为江阴市文物保护单位。

［二］ 容与：《楚辞·九章·涉江》："船容与而不进兮，淹回水而疑滞。"此处形容船行缓慢。

凝秀桥联[一]

一

十里江声归锁钥；

两山秀色卧云龙。

——佚名

二

虹梁利济千年永；

渔梦祥占四境丰。

——佚名

注释：

［一］ 凝秀桥：位于江阴市华士镇东，又名青龙桥。始建年代无考，1949 年后拆除，改建为钢筋水泥桥。

王大坝桥联[一]

万顷黄云歌大有;[二]
一泓碧水渡康庄。

——佚名

注释:

[一] 王大坝桥:位于江阴市桐岐社区,又名万安桥。始建于明嘉靖年间(1522—1566),清代数次重修。现为江阴市文物保护单位。

[二] 万顷黄云:指万顷良田中成熟的作物如金黄色的云海。

惠济桥联[一]

山临秦望无多路;[二]
江入毗陵第一桥。[三]

——佚名

注释:

[一] 惠济桥:位于江阴市月城镇秦望山南,横跨山塘河。

[二] 秦望:指距桥不远的秦望山。

[三] 毗陵:常州古称,历史上江阴地属毗陵。此桥是长江水进入江阴河道的第一桥。

长寿桥联[一]

由明至今,人说万年长寿;
自元逆宋,碑传千古永安。[二]

——佚名

注释：

［一］ 长寿桥：位于江阴市长寿社区大圩埭西，俗名备刀桥、水湾桥和北石桥，横跨小檀树港。始建于宋代，明景泰年间（1450—1456）和清光绪二年（1875）均重修。1949 年后因河道拓宽被拆除。

［二］ 本联上联联尾嵌入"长寿"桥名。

西石桥联[一]

西桥，桥西，西范里；
东塔，塔东，东维常。[二]

——佚名

注释：

［一］ 西石桥：位于江阴市西石桥社区，俗名太平桥，横跨芦埠港。始建于明万历年间（1573—1620），清道光十八年（1838）重建。1949 年后因河道拓宽被拆除。

［二］ 本联为顶针对，上下联各由三个分句组成，其特色为：第一分句的末字，是第二分句的首字；第二分句的末字，是第三分句的首字。范里、维常：均为当地地名。

河湘桥联[一]

河水回环，坚如磐石；
湘流映带，名重富杯。[二]

——佚名

注释：

［一］ 河湘桥：位于江阴市文林社区。

［三］ 本联以鹤顶格形式将桥名"河湘"嵌入上下联的第一字。磐石、富杯：均为当地地名。磐石，为磐石山；富杯，为富杯河。

渡船桥联[一]

波光环绕清臣墓；

虹影映带渡船桥。[二]

——佚名

注释：

［一］ 渡船桥：位于江阴市青阳镇。

［二］ 本联下联联尾嵌入“渡船”桥名。

旺二桥联[一]

一带凌波通渡口；

半环虹影护塘头。

——佚名

注释：

［一］ 旺二桥：位于江阴市青阳镇。

（三）宜兴市

蛟桥联[一]

一

清风徐来，水波不兴，妙墨尚留苏学士；[二]
行人安稳，布帆无恙，神威犹仰晋将军。[三]

——佚名

二

平步青云，对南郭铜峰，千秋巩固；[四]
重看明月，印东流氿水，万派朝宗。[五]

——佚名

三

长桥今夜月；
阳羡古时州。[六]

——佚名

四

丹桂香飘蟾窟晓；
白榆光散蚌胎春。[七]

——方逢时

五

关山有恨飞横笛；
河汉无声转玉轮。

——方逢时

注释：

［一］ 蛟桥：位于宜兴市宜城街道中心，南北向跨荆溪，原名阳羡大桥、长桥。始建于东汉兴平二年（195），北宋元丰四年（1081）改建为石桥。南宋淳熙十一年（1184）重建，勒石“斩蛟之桥”，通称蛟桥。清光绪年间（1875—1908）又重建。桥长 240 米，高 9 米，高大宏伟。旧时“蛟桥夜月”为荆溪十景之一。1970 年桥被拆毁，改建为钢筋水泥平桥。2005 年移址于西氿边重建。

［二］ 妙墨尚留苏学士：苏学士，指苏东坡。传苏东坡曾为该桥题“晋征西将军周孝公（处）斩蛟之桥”和“晋周孝侯斩蛟之桥”两方石碑。“清风徐来，水波不兴”，摘自苏东坡《前赤壁赋》。

［三］ 晋将军：指晋平西将军周处。周处（240—299），义兴人，字子隐，相传少时横行乡里，乡人将他与蛟、虎合称三害。后斩蛟射虎，发愤改过，成晋征西将军，为人正直，不避权贵，受世人尊重。

［四］ 南郭铜峰：指位于宜兴城南的铜官山。“铜峰叠翠”旧时为荆溪十景之一。

［五］ 氿水：贯穿宜兴城区的主要水道，自西向东，注入太湖。

［六］ 阳羡：宜兴的古称。

［七］ 蚌胎：指珍珠。旧以蚌孕珠如妇人怀孕，故称。

鲸塘桥联[一]

一

左墨岭，右烟峰，积翠千寻排对岸；[二]
南桃溪，北濑水，长虹一道跨中流。[三]

——佚名

二

荷叶地钟灵，料有才人题柱去；
鲸溪波效顺，应逢迁客泛槎回。

——佚名

注释：

［一］ 鲸塘桥：位于宜兴市西南鲸塘镇之西，东西向跨鲸塘河。始建于明嘉靖三十年(1551)，清康熙二十五年(1686)重建。三孔石拱，花岗岩构砌。桥长 52 米，顶宽 5.3 米，堍宽 4.8 米，中孔净跨 9.8 米，矢高 7 米，两边孔净跨 7 米，矢高 3.8 米。两坡各有石阶 52 级。两堍建有桥亭。两侧桥栏各有 13 根方形望柱，望柱顶端镌刻有荷花，故又名荷花柱；荷花柱之间有 12 块石板栏组成桥栏。每个拱券顶端两侧各延伸出两根龙头石柱。东引桥长 12.1 米，西引桥长 15.36 米。整个桥梁体量高大，为宜兴市现存古桥之最。设计巧妙，结构严谨，造型古朴美观，体现了建筑美、艺术美和文学美的良好结合。1963 年被列为宜兴市文物保护单位，现为江苏省文物保护单位。

［二］ 墨岭：即离墨山，海拔 342 米，在宜兴境内。烟峰：即烟山，海拔 173 米，在宜兴境内。寻：古时长度单位之一，八尺为寻。

［三］ 桃溪：指宜兴张渚。濑水：当地水名，又名濑溪。

画溪桥联［一］

一

一幅画图，开浪罨花，光波涵月影；［二］
群峰灵秀，锁舆通柳，浦船放荆溪。

——佚名

二

二百年磐石重新，星缠析木；
数十里槛泉正出，迹固包桑。

——佚名

注释：

［一］ 画溪桥：位于宜兴市丁蜀镇汤渡村，南北向跨画溪河。始建年代无考，初建时为木桥，清康熙四十四年(1705)改建为石拱桥。在太平天国与

清军的战争中受损，同治年间(1862—1874)修复，光绪五年(1879)重建。三孔石拱，青石与花岗岩混砌，石拱纵联分节排列。桥长34.95米，顶宽4米，堍宽5.15米，中孔净跨8.55米，矢高4.75米，南北坡各有石阶26级。1985年被列为宜兴市文物保护单位。

[二] 罨:覆盖。

扶风桥联[一]

分水墩，墩分水，墩分两路水；

扶风桥，桥扶风，桥扶四面风。[二]

——佚名

注释：

[一] 扶风桥：位于宜兴市芳桥街道扶风老街，东西向跨扶风河。始建于南宋绍兴年间(1131—1162)，由关中扶风郡人窦氏发起建造，故名。原为木桥，明天启六年(1626)改建为单孔石拱桥，由宜兴籍进士周延儒资助建成。桥体用青石、桥栏用花岗岩构砌。桥长19.05米，顶宽3.55米，堍宽4.3米，桥孔净跨5.5米，矢高3.4米。东西桥坡各有石阶36级，桥栏由条石和望柱组成。1985年被列为宜兴市文物保护单位。

[二] 此联为顶真联，即每句尾字为下句首字，上递下接，生动明快。

蜀山桥联[一]

一

不霁何虹，天倩娲皇来补石；[二]

此山似蜀，人思坡老为题桥。[三]

——周家楣[四]

二

宣歙溯来源，两岸静画荆水绿；[五]

浙湖通要道，一弓长抱蜀山青。[六]

——周家楣

三

一桥通大道，玉弓谁挂蜀山树；

千舶竞中流，新日又辉荆水波。

——潘全华

注释：

［一］　蜀山桥：位于宜兴市丁蜀镇，东西向横跨蠡河。始建年代不详。清同治年间(1862—1874)重建，增添了清咸丰九年(1859)进士周家楣(宜兴人)书写的桥联。20世纪80年代拓宽蠡河时桥被拆毁，改建为钢筋水泥平桥，称蜀山新桥。

［二］　不霁何虹：语出杜牧《阿房宫赋》："长桥卧波，未云何龙？复道行空，不霁何虹？"意即雨未过去，何以有彩虹。常以虹形容长桥。"天倩娲皇来补石"句：指娲皇女娲氏以黄土造人，并炼五色石补天、治水保民的神话传说。

［三］　此山似蜀：蜀山，当地山名。原名独山。苏东坡于元丰七年(1084)来此，见独山后曾说："此山似蜀。"后人据此将独山改名蜀山。

［四］　周家楣(1828—1887)：字筱塘，江苏宜兴人。清咸丰九年(1859)进士。曾任总理各国事务大臣、吏部左侍郎等官职。

［五］　宣歙溯来源：宣州、歙州为皖南要地。意指此桥所跨的蠡河源于皖南。实际上，蠡河源于苏浙皖交界处的高山。

［六］　浙湖通要道：指该桥为通往浙江湖州地区的必经要道。

湛渎桥联[一]

一

巨浪贯长虹，东通百渎；

高樯驰画鹢，西接三江。

——佚名

二

舟楫挽南漕，长牵锦缆；
车舆通北极，远跨金堤。

——佚名

注释：

［一］ 湛渎桥：位于宜兴市屺亭街道，南北向跨湛渎河。始建于明末，现桥为清代重建，单孔石拱，花岗岩构砌，长 25.2 米，宽 4 米，净跨 7 米，矢高 5.3 米。有石护栏，间以望柱 8 根，造型古朴。

南草塘桥[一]

一

湛渎东流，隔水横填银汉鹊；[二]
屺峰北峙，傍山高架彩云虹。

——佚名

二

笠泽遥通，水面半轮明月印；
草塘对峙，溪头两道彩虹横。

——佚名

注释：

［一］ 南草塘桥：位于宜兴市屺亭街道寺前村西，东西向跨湛渎河。始建于清初，光绪二十四年（1898）重建，单孔石拱，花岗岩构砌，长 22.2 米，顶宽和堍宽均为 4.2 米，桥孔净跨 7.4 米，矢高 4.15 米，东西坡各有石阶 26 级。

［二］ 银汉鹊：银汉，即银河。鹊，指鹊桥。传说天上的织女与牛郎相会，要鹊来搭成桥，叫鹊桥。

下裴桥联[一]

一

百渎安澜，舆梁成岁暮；[二]
双虹落彩，图画出天工。[三]

——佚名

二

数点屺虞峰，隔离半里；[四]
一溪烟雨水，静锁孤桥。

——佚名

注释：

［一］ 下裴桥：位于宜兴市芳桥街道下裴村，南北走向。始建于民国十二年（1923），单孔石拱，青石与花岗岩混合构砌。桥长 16.9 米，顶宽 2.95 米，堍宽 3.9 米，两坡各有石阶 17 级。

［二］ 舆梁：《孟子·离娄下》：“十二月，舆梁成。”孙奭疏：“舆梁者，盖桥上横架之板若车舆者，故谓之舆梁。”一说为可通车舆的桥梁。

［三］ 图画：古云：“有山皆图画，无水不文章。”此处图画即指山。

［四］ 屺虞峰：指桥附近的屺山、虞山。

官林桥联[一]

一

肇迹溯东吴，千秋巩固；
安澜通北滆，百渎回环。[二]

——佚名

二

络绎舟车,□□□古迹;

纷纭冠盖,记题柱豪情。

——佚名

注释:

[一] 官林桥:位于宜兴市官林镇东,又称孙家桥,东西向跨孟津河。始建于清初,咸丰八年(1858)重建。单孔石拱,花岗岩构砌,条石护栏。桥长25.4米,顶宽3.75米,堍宽4.4米,桥孔净跨10米,矢高5.5米。两坡各有石阶23级,东西桥堍各立石狮一对。桥保存完好,现为宜兴市文物保护单位。

[二] 北滆:指位于官林镇东北方向的滆湖。

中里桥联[一]

一

锁南溪水,绵一堤杨柳;

障东滆波,迎八月帆樯。[二]

——佚名

二

啸咏舟中,仰千秋佳号;

徘徊马上,启万里遥情。

——佚名

注释:

[一] 中里桥:位于宜兴市官林镇中里村,又名利益桥,东西向跨孟津河。始建于明末,清道光年间(1821—1850)重建。1992年拆毁,今已不存。

[二] 滆波:指桥东北的滆湖波浪。

义母桥联[一]

一

义不重于恩，恩义并重；
弟勿长过兄，兄弟并长。

——丁氏

二

仁不大于爱，爱仁同存；
德勿高过品，品德兼优。

——丁氏

注释：

［一］ 义母桥：位于宜兴市官林镇东尧村。

压渚桥联[一]

千渚百溪，条条通江海；
一舟二楫，只只过桥梁。[二]

——佚名

注释：

［一］ 压渚桥：位于宜兴市官林镇，横跨南干河。始建于五代，改建于南宋，重建于清，再建于民国二十五年(1936)。历次修建，均为木桥。1949年后改建为钢筋水泥平桥。

［二］ 楫：划船用的短桨，也指小船。

张河桥联[一]

连滆洮湖，通百舸千舟；[二]
跨宜武县，过亿人万马。[三]

——储玉宝

注释：

[一] 张河桥：位于宜兴市官林镇，横跨中干河。始建于唐代，元代改建，清代又重建。1949年后改建为钢筋水泥平桥。

[二] 滆洮湖：指桥附近的滆湖和洮湖。

[三] 宜武县：指古宜兴县和武进县，此桥为连接两地的要道。

文定桥联[一]

濑水西来，飞虹束腰；[二]
目波东去，扶摇月宫。[三]

——佚名

注释：

[一] 文定桥：位于宜兴市徐舍镇，南北向跨濑溪河，单孔石拱。

[二] 濑水：即濑溪河。

[三] 扶摇月宫：扶摇，本指自下而上的旋风。此处是指濑水东去，经西氿、团氿、东氿直奔太湖，如扶摇直上，直达月宫。

广通桥联[一]

广阔天地，商聚古镇；[二]
通达五湖，财源茂盛。[三]

——史际[四]

注释:

[一] 广通桥:位于宜兴市杨巷镇广通路。杨巷镇处于西溪河、北溪河和溧阳的来水中河交汇处,广通桥即位于三水的汇合处。原为木桥,明嘉靖三十三年(1554)由溧阳进士史际出资改建为三孔石拱桥,题联并书写桥碑。1976 年改建为水泥平桥。

[二] 古镇:指杨巷镇。此镇为宜兴与溧阳交界处的重镇,商贸发达,客商云集,为水陆交通的要冲。

[三] 此联采用鹤顶格形式,将桥名"广通"嵌入上下联首字。

[四] 史际:生卒年不详,江苏溧阳人。明嘉靖进士,嘉靖三十三年(1554)出资修建广通桥,并撰书桥联和桥碑。

安乐桥联[一]

安然无恙,风调雨顺;
乐土有福,五谷丰登。[二]

——承福祥[三]

注释:

[一] 安乐桥:位于宜兴市杨巷镇,始建于南朝梁天监六年(506),以后历代均有改建。桥附近有承福禅院,清代建桥时由承福禅院募资,并由承福禅院的方丈承福祥题写了桥联,故联语内容带有佛家教义色彩。

[二] 此联采用鹤顶格形式,将桥名"安乐"嵌入上下联首字。

[三] 承福祥:生卒年不详,清代僧人,宜兴杨巷镇承福禅院方丈,工诗文。曾化缘集资建造安乐桥,并撰书桥联。

阳溪桥联[一]

阳光灿烂,光照氹城;[二]
溪水长流,水映山峰。[三]

——佚名

注释：

［一］ 阳溪桥：位于宜兴市杨巷镇河西村，东西向跨河西河。始建于明嘉靖三十一年(1552)，清代重修。单孔梁式平桥，桥面为花岗岩铺砌，其余为青石构建。桥长 18.2 米，宽 2.7 米。望柱上镌刻荷花纹，东侧石阶 12 级，西侧石阶 15 级。

［二］ 氹：氹(dàng)，同“凼”，多用于地名。

［三］ 此联采用鹤顶格形式，将桥名“阳溪”嵌入上下联首字。

红塔桥联[一]

避大氿风波，帆船群集；
作中流砥柱，水陆通行。

——佚名

注释：

［一］ 红塔桥：位于宜兴市红塔村。

南兴桥联[一]

紫气千条，一抹长虹横鹤涧；
霞光万道，半轮明月绾鹅洲。[二]

——佚名

注释：

［一］ 南兴桥：位于宜兴市和桥镇，原名和兴桥，南北走向。清咸丰七年(1857)由和桥名士程恭、俞廷铨出资修建，单孔石拱，石拱在月光下倒映水中，如一轮明月，非常美观。故石拱桥洞又称半轮明月。

［二］ 绾：意为长河上建成此桥，使之成为一个结点。鹅洲：和桥的古称。

万缘桥联[一]

一

百里趋朝，吸铜峰灵气；[二]
千秋巩固，回震泽狂澜。

——佚名

二

籍众姓，交输功垂奕世；
仗神灵，巨庇惠及多方。

——佚名

注释：

［一］ 万缘桥：位于宜兴市东北周铁镇王茂村福胜禅寺（又称东岳庙）前，东西走向。始建于三国吴时，历代多次重建，现桥为清末重建。单孔石拱，花岗岩构砌，长 20.5 米，顶宽 3.5 米，堍宽 4.38 米，桥孔净跨 5.7 米，矢高 3.4 米，东坡有石阶 20 级，西坡有石阶 18 级。清代和民国年间，每年农历三月二十六日以福胜禅寺和万缘桥为中心举办盛大的东岳庙会，规模宏大，热闹异常，为宜兴的一大盛事。

［二］ 铜峰：指位于宜兴市南的铜官山。

中阳桥联[一]

一

南镇苍岚，汤池锁石；
东临青府，孔道迎傩。[二]

——佚名

二

中峙长流，千秋巩固；

阳开泰运，万派朝宗。[三]

——佚名

注释：

［一］ 中阳桥：位于宜兴市周铁镇中阳村，南北走向。始建于民国十年(1921)，主要由著名教授周培源的父亲、宜兴市芳桥镇人周文伯出资所建。三孔石梁，花岗岩构砌，长 22.84 米，中宽 2.15 米，中孔净跨 6.15 米，边孔净跨 3.9 米，矢高 4.1 米。桥南坡石阶 10 级，北坡石阶 12 级。现为宜兴市文物保护单位。

［二］ 青府：指中阳桥东临太湖，道教谓东方为青帝所居，故名青府。傩：旧时迎神赛会、驱逐鬼怪时跳的舞蹈。

［三］ 第二联的上下联首字嵌入桥名“中阳”，是所谓鹤顶格。

黄土桥联[一]

西入滆湖，东通震泽；

地临黄土，桥卧绿波。

——佚名

注释：

［一］ 黄土桥：位于宜兴市闸口镇北渠村。始建年代不详，原为单孔石拱桥，花岗岩构砌。民国末年坍塌，1949 年后重建为钢筋水泥平桥。

分别桥联[一]

闸口街边，相敬相亲话分别；

楝树港畔，互帮互助说聚龙。[二]

——吴淦华

注释：

［一］ 分别桥：位于宜兴市闸口镇外，是一座十分普通的江南小石桥。传北宋元丰七年（1084）苏东坡来宜兴探访友人邵民瞻，分别时，苏、邵二人即在此桥头分手，桥因此得名。

［二］ 下联中的楝树和聚龙，均为闸口镇村名，两村居民历来和睦相处，世代友好。

常州市

（一）市区

政成桥联[一]

一

北去三河扬子渡；[二]
南通四渎蠡湖船。[三]

——金粟香[四]

二

继坡公舣舟，谁为过客；[五]
问相如题柱，可比升仙。

——金粟香

注释：

［一］ 政成桥：位于常州市东门外，东西向跨大运河。始建年代不详，单孔石拱，花岗岩构砌。

［二］ 三河：指位于常州市北临近长江的三河口地区。

［三］ 四渎：古人对入海的大川的总称，即指长江、黄河、淮河和济水。

［四］ 金粟香：生卒年不详，名武祥，号粟香，江苏江阴人。清末出任两广盐运使，归隐后居常州。工书，善文。

［五］ 舣舟：谓停船靠岸。相传桥所在地为苏东坡（尊称为坡公）来常州时停舟上岸之处，建有舣舟亭。

同济桥联[一]

运河畔，同济长虹环翠绿；
大路旁，桃源新景聚嫣红。

——朱博泉[二]

注释：

〔一〕 同济桥：位于常州市城区，东西向跨大运河。始建于明正统十二年(1447)，成化年间改建为石拱桥。三孔，长48.25米，宽4.9米，中孔净跨11.7米，矢高9.04米。1986年拓宽大运河时移建于舣舟亭半月岛。

〔二〕 朱博泉：江苏常州人。教师，常州市民协楹联会会员，工诗、联。

文亨桥联[一]

一

文亨桥穿月明双璧；
篦箕巷张灯闪繁星。[二]

——严金海[三]

二

飞镜悬空，春秋蟾影；
玉盘垂水，上下天光。

——严金海

三

文亨桥千年永固；
穿月楼百世流芳。

——白雪生

注释：

〔一〕 文亨桥：位于常州市老西门外护城河(大运河)上。三孔石拱，花岗岩构砌，长49.7米，宽4.1米，中孔净跨11.6米，矢高9.17米，两坡石阶各48级，两侧桥栏各有望柱28根，桥形秀美。1987年拓宽大运河时，移建于原址旁。明清时期，“文亨穿月”、“篦梁灯火”，为常州西郭之胜景。

〔二〕 篦箕巷：地名，传巷内盛产篦箕。篦箕是常州著名的土特产。

〔三〕 严金海：江苏常州人。中国楹联学会会员，工诗，善制联。

玉带桥联[一]

画桥碧荫，明漪绝底；
绿衫野屋，好风相从。

——佚名

注释：

［一］ 玉带桥：位于常州城北。始建年代不详，单孔石拱。1949 年后改建为钢筋水泥平桥。

永安桥联[一]

一

水月卧波中，遥映彩虹添色相；
岸云浮草际，巧联渊陌庆锦长。

——佚名

二

马迹连龙城，冬令成梁知易易；[二]
鸭头蟠鹤膝，幽人履道颂平平。

——佚名

注释：

［一］ 永安桥：位于武进遥观镇与坂上镇交界处，又名河上塘桥，南北向跨采菱港。始建于元代，清嘉庆年间(1796—1820)重修。单孔石拱，花岗岩构砌，长 26 米，中宽 3.6 米，堍宽 5.8 米，净跨 9.5 米，矢高 5 米，南北两坡均有石阶 29 级。

［二］ 马迹：指位于桥南太湖中的马迹山。龙城：常州的别称。

塘桥联[一]

羊舌盆中栽虎齿；
鸭肫浜内撩鸡瘤。
——佚名

注释：

［一］ 塘桥：位于武进遥观镇，南北向跨采菱港。桥北堍东侧曾建有白塔，故又名北塔塘桥。始建于清康熙三十三年（1694），乾隆十五年（1750）重修。单孔石拱，花岗岩构砌，长 23 米，中宽 3.5 米，堍宽 5 米，净跨 5 米，矢高 5.1 米，南北两坡各有石阶 23 级。

南宅二桥联[一]

人来南浦离时远；
气聚西山爽处多。
——佚名

注释：

［一］ 南宅二桥：位于武进南部的南宅，桥今已不存。

百庄桥联[一]

进履授书，遐写仙人逢此上；[二]
朔风冻雪，感怀诗思在个中。
——秦祖游

注释：

［一］ 百庄桥：位于武进南部的南宅百庄，为单孔石拱桥。

［二］ 进履授书：指张良为黄石公拾鞋，后得授兵法书，研读而成为汉初名相的故事。

横山桥联[一]

一

东望湖村，晓日芙蓉开阡陌；[二]
西瞻郡郭，夕阳烟火间云霞。[三]

——李兆洛[四]

二

北吸江湖，万顷桑麻资降雨；
南通运渎，千艘菽粟转连云。[五]

——李兆洛

注释：

［一］ 横山桥：位于武进东部的横山桥镇，东西向跨三山港。始建于明正德五年(1510)，清道光十八年(1838)重建。单孔石拱，花岗岩构砌。1949年后曾改建，桥上楹柱已失，仅存一联，已断成两截，砌于桥础之旁。

［二］ 东望湖村：横山桥以东为芙蓉镇，明以前为芙蓉湖，明宣德六年(1431)巡抚周忱围湖造田，后发展为村庄。阡陌：田畴中纵横交错的小路。

［三］ 郡郭：指位于横山之西的常州城。

［四］ 李兆洛(1769—1841)：字申耆，江苏武进三河口人。清嘉庆进士。精通舆地学，擅长书法。清道光十八年(1838)横山桥重建时，出资并撰书桥联。

［五］ 运渎：指位于横山之南的大运河。

港桥联[一]

一

创始前明亘大港；

利民重修永安澜。

——吴稚晖[二]

二

天际彩虹留大港；

人间司马好题桥。

——钱大钧[三]

三

水光接汉浮半月；

云气凌空悬长虹。

——朱绍良[四]

四

面貌丕新，永奠斯基石；

波流澎湃，安渡有津梁。

——韩诚

注释：

［一］ 港桥：位于武进南部的庙桥社区，东西向跨永安河，地处水陆要冲。始建于明代，清代曾数次重建。民国三十六年(1947)又重建，因当时政要吴稚晖和钱大钧等题联而名声大振。桥单孔石拱，金山石构砌，全长 25 米，高 6 米，宽 3.3 米，东西坡各有石级 19 阶。现保存基本完好。

［二］ 吴稚晖(1866—1953)：又名敬恒，江苏武进人。中国同盟会会员、国民党元老。

［三］ 钱大钧(1893—1982)：江苏吴县人，国民党元老，曾参加反清倒

袁运动,任黄埔教官、上海市市长等。

［四］ 朱绍良(1891—1963):原名宝瑛,字一民,祖籍江苏武进。中国同盟会会员,国民党陆军一级上将。

鉴桥联[一]

桥短通今古;
水清鉴丑妍。

——霍柏松

注释:

［一］ 鉴桥:位于武进区淹城景区内。淹城位于武进湖塘镇西南,为西周至春秋时期的古城遗址。1988 年 1 月被列为全国第三批重点文物保护单位。鉴桥为新建的具有古桥特色的桥梁。

观荇桥联[一]

雎鸠传恋曲;
荇菜托芳心。[二]

——霍柏松

注释:

［一］ 观荇桥:位于武进区淹城景区内,为新建的具有古桥特色的桥梁。

［二］ 荇菜:水生植物,江南水域多见。荇菜叶浮在水面上,根茎可供食用。

（二）溧阳市

春雨桥联[一]

长风万里外；
春雨小桥东。

——佚名

注释：

［一］ 春雨桥：位于溧阳市城区内。始建年代不详，为单孔石拱桥。1949 年后曾易名为东风桥。

镇江市

丹阳市

开泰桥联[一]

一

柬京口潮流，百尺虹腰，高踞迎春以上；[二]
枕曲阿塔影，千层雁齿，迤趋萃秀而东。[三]

——佚名

二

横波激石，峙并雄关，遥挹凤凰山秀；[四]
堰水长虹，跨当孔道，旁通香草河流。[五]

——佚名

注释：

［一］ 开泰桥：位于丹阳市南门外大街北端，南北向跨护城河（古运河），俗称南门大桥、草堰大桥。桥下流水上游百余米处有支流南通香草、简渎两河，旧时抗旱，常用草堵住开泰桥桥拱，使上游来水溢入香草河、简渎河，以利两河沿岸的农田灌溉，草堰大桥因此得名。桥始建于明万历年间（1573—1620），清康熙、乾隆年间均有重修。现桥为道光十五年（1835）邑人林铨重建，单孔石拱，纵联分节并列式拱券，花岗岩构砌。桥长30余米，宽6米，拱径10.5米，矢高8米余，桥面南北两坡各有石阶32级。四块系石上雕刻吸水兽——神话传说中的龙子之一，起到装饰作用。桥额楷书阴文“开泰桥”。桥拱顶内壁雕有圆形石刻图案，上书“道光十五年乙未重建”。1985年8月被列为丹阳市文物保护单位，现为江苏省文物保护单位。

［二］ 京口：镇江的古称。迎春：桥名，俗名东门大桥，位于丹阳市东门外护城河上，原为单孔石拱桥，现已改建为水泥平桥。

［三］ 曲阿：丹阳的古称。萃秀：桥名，位于丹阳东门外护城河上。

［四］ 凤凰：山名，在丹阳南门外，为新石器时代遗址。

［五］ 香草：丹阳南门外西南流向的河流名。

通泰桥联[一]

一

津吏从东方来，指旧碣上题通泰；

水程沿北郭至，越新河近傍朝阳。[二]

——佚名

二

从万历年修造至今，卜吉仍逢己未岁；[三]

有九曲水经行其下，横空永镇丑寅方。[四]

——佚名

注释：

［一］ 通泰桥：位于丹阳市城区麻巷门外，原名永泰桥，俗称麻巷门桥，东西向跨护城河（古运河）。始建于宋代，原为木桥。明万历四十七年(1619)重建，民国八年(1919)重修。单孔石拱，花岗岩构砌，纵联分节并列式拱券。桥长37米，宽4.8米，拱径12.4米，矢高8米。桥额楷书阴文“通泰桥”。1985年8月被列为丹阳市文物保护单位。

［二］ 水程沿北郭至：清代、民国时期，大运河流经丹阳时，在北门外分南、中、北三线流经县城，南、北线沿城墙形成护城河，中线穿城而过，三线水流在东门外汇合。通泰桥跨北路护城河，故有“水程沿北郭至”之说。

［三］ 己未岁：桥重建于明万历四十七年(1619)，岁次己未；又于民国八年(1919)重修，是年又为己未年。

［四］ 丑寅方：指桥位于旧县城的东北方。

通泰桥桥亭联[一]

通泰桥畔看流水；
化雨亭中话新风。

——佚名

注释：

［一］ 桥亭：通泰桥上建有桥亭，名化雨亭，取“春风化雨”之意。亭呈六角形，飞檐攒尖顶，造型古朴。

萃秀桥联[一]

一

桥头明月，湖上清风，曾传李白歌佳酿；[二]
塔影钟声，寺前银杏，重叙昭明话梓情。[三]

——佚名

二

茅峰横郭，练水近垣，千载古城钟秀色；[四]
绿树迎风，浮屠耀日，万家楼阁沐朝阳。[五]

——佚名

注释：

［一］ 萃秀桥：位于丹阳市东门外，南北向跨运河古航道。始建于明万历初年，单孔石拱。初建时由丹阳知县尹良任主建，故桥又称尹公桥。清雍正十年(1732)桥圮，邑人林嗣禹重修。乾隆十五年(1750)，林嗣禹的后裔林朝彦又重修。道光二十五年(1845)因风水之说，将桥移建于古塔万善塔附近的宝塔湾。光绪三十年(1904)又迁回原址重建。民国二十年(1931)改为钢筋结构的水泥公路桥。1975 年，在原址西 10 米处按民国二十年之前的

样式建新桥。旧桥于1995年拆除。

［二］ 湖:指丹阳西门外的练湖,又称曲阿后湖、练塘。李白歌佳酿:丹阳自古产名酒,李白曾有诗歌之。

［三］ 寺前银杏:指萃秀桥附近海惠古寺前的古树银杏。昭明话梓情:昭明,指梁昭明太子萧统,南兰陵(今丹阳东北郊)人。梓情,故乡之情。

［四］ 茅峰:指横亘于丹阳西南方的茅山山脉。

［五］ 浮屠:又称浮图,即佛塔。此处指萃秀桥附近建于明代的古塔万善塔。

上海市

市　区

七宝塘桥联[一]

三拱环锁，大塘东西通两江富庶地；[二]
一桥雄跨，宝镇南北维三邑鱼米乡。[三]

——佚名

注释：

［一］ 七宝塘桥：位于上海市闵行区七宝镇，又名蒲汇塘桥，南北向跨蒲汇塘。始建于明正德年间(1506—1521)，后数次重修。三孔石拱，花岗岩构砌，桥堍建有琉璃瓦顶凉亭。

［二］ 两江：指浙江和江苏。原蒲汇塘水东通至浙江，西通至原属江苏的上海县。

［三］ 三邑：指七宝镇附近的原松江、上海、青浦诸县。

豫园桥亭联[一]

一

野烟千叠石在水；
渔唱一声人过桥。

——陶澍[二]

二

渐不为人识；
时还读我书。

——刘葆良

注释：

［一］ 豫园桥亭：豫园位于上海老城厢东北，明嘉靖三十八年(1559)兴建，为江南名园之一。园内有九曲桥，桥堍有亭。清道光年间(1821—1850)，在豫园桥亭悬挂陶澍所撰对联。后豫园遭破坏，联板也散失。1956年起整修，修复游廊、山水、曲桥及桥亭等，桥亭悬挂刘葆良所撰对联。

［二］ 陶澍(1779—1839)：字子霖，号云汀，湖南安化人。清嘉庆进士，官至两江总督。工诗文，善书。

宗门桥联[一]

塔王浦上锥头露；[二]
曲水朝宗白练长。[三]

——佚名

注释：

［一］ 宗门桥：位于上海市徐汇区龙华寺正门附近，是香客进寺必经之路，过桥后即达龙华寺大门，故名宗门桥。

［二］ 塔王：指位于龙华寺东侧的龙华塔。

［三］ 曲水：指距龙华寺大门不远的龙华港，此水直通黄浦江。

度民桥联[一]

一

壮澧溪第一重关键；
受歇浦七十里潮流。[二]

——佚名

二

疏浚运河今免役；
往来船舶此眠桅。[三]

——佚名

注释：

［一］ 度民桥：位于上海市闵行区陈行镇，南北向跨澧溪。单孔石拱，始建于明代，后经多次重修。

［二］ 歇浦：指黄浦江，度民桥所跨澧溪水，西流入黄浦江。

［三］ 眠桅：指放下船上的桅杆。

百步桥联[一]

百步桥悬天柱迥；
九峰山色酒杯青。[二]

——佚名

注释：

［一］ 百步桥：位于上海市闵行区莘庄附近。单孔石拱，建造年代不详，今已不存。

［二］ 九峰：指位于桥不远处的佘山、天马山、小昆山诸峰。

中市桥联[一]

一

鳞屋接参差，劫历烽烟留福地；
鲸波来浩渺，功施疏凿溯贤侯。

——佚名

二

百步桥通，看水抱湾湾，帆随塔转；[二]
五茸城还，指峰横点点，云共天低。[三]

——佚名

注释：

［一］ 中市桥：位于上海市徐汇区西南漕河泾镇，南北向跨漕河泾。始建年代不详，单孔石拱，花岗岩构砌，桥体高大。

［二］ 塔：指位于桥东不远处的龙华古塔。漕河泾下接龙华港，从龙华寺门前流过，直达黄浦江。

［三］ 五茸：春秋时吴王的猎场。松江因此别名茸城。

西塘桥联[一]

三泖映东南，几湾绿水源流远；[二]
九峰耸西北，数点青山气势凝。[三]

——陆深

注释：

［一］ 西塘桥：位于上海市闵行区七宝古镇，南北向跨西蒲汇塘。始建于明代，单孔石拱。今桥已不存。

［二］ 三泖：泖，指水面平静的小湖。三泖，指位于桥东南方向的泖湖及其他一些小湖。"泖"前冠以"三"字，形容众多。

［三］ 九峰：指位于桥不远处的佘山、天马山、小昆山诸峰。

永兴桥联[一]

一

碧漾远涵峰村秀；
清澜通汇浦淞源。

——佚名

二

梅花照水腾银甲；
竹翠摇风落彩虹。

——佚名

注释:

[一] 永兴桥:位于上海市徐汇区龙华寺附近,南北向跨漕河泾。单孔石拱,始建年代无考。

放生桥联[一]

桥影逐归鸿,锁住玉山云一片;[二]
潮声喧走马,平分珠浦浪千重。[三]

——佚名

注释:

[一] 放生桥:位于上海市青浦区朱家角镇东首,南北向跨漕港河。始建于明隆庆五年(1571),由慈门寺僧性潮所建。清嘉庆十七年(1812)重建。桥五孔拱形,用超薄柔性桥墩法和纵联分节并列式拱券结构砌就。全长 72 米,宽 5 米,高 7.4 米,中孔孔径达 13 米,南北两堍共有石阶 120 级。桥长如带,形似彩虹,凌空卧波,十分秀美。桥建成后,“立有放生社,逢农历初一,桥下禁止渔人罟网,供寺僧放生”,故名放生桥。该桥为上海地区今存规模最大的古石桥,保存完好。现为上海市文物保护单位。

[二] 玉山:指位于桥东昆山的玉峰山,简称玉山。

[三] 珠浦:朱家角又名珠街阁、珠街里、角里,雅称珠浦、珠溪。

文昌桥联[一]

绿鸭陂前,三篙春涨翻翰墨;[二]
白牛塘外,万帧秋烟记文章。[三]

——汪学金[四]

注释:

[一] 文昌桥:位于上海市青浦区朱家角镇西首,临近王昶(1725—1806)纪念馆。王昶,青浦朱家角人,乾隆十九年(1754)进士,官至刑部右侍

郎,著名学者,乾嘉学派领袖之一,著有《春融堂集》等。文昌桥于道光年间(1821—1850)为纪念王昶而建。文昌,又名文曲星、文星,旧时多为读书人所崇祀,故桥以“文昌”为名。

［二］ 绿鸭陂:当地地名。

［三］ 白牛塘:当地地名。

［四］ 汪学金(1748—1804):字静箴,号杏江,江苏太仓人。清乾隆四十七年(1871)探花。工诗文,善书。

恒春桥联[一]

歇浦潮回,浩渺菰芦泽国;

佘山云起,空蒙凫雁水乡。[二]

——汪学金

注释:

［一］ 恒春桥:位于上海市青浦区朱家角镇西首西湖街上,桥畔即为王昶纪念馆。桥建于道光年间(1821—1850),单孔石拱,花岗岩构砌,现保存完好。

［二］ 佘山:位于朱家角镇东南方,为火成岩山丘,分东西两山,西佘山上设有上海市天文台。

顺德桥联[一]

九峰列翠,重镇桃源早发;

三泖行帆,鹤荡渔歌晚唱。

——佚名

注释:

［一］ 顺德桥:位于上海市青浦区练塘镇。始建于元代,明、清两代多次重修,单孔石拱,为青浦区文物保护单位。

如意桥联[一]

后果前因，如意桥发心遂意；
顾名思义，祖师庙主善为师。

——佚名

注释：

［一］ 如意桥：位于上海市青浦区金泽镇祖师庙前，又名祖师庙桥或祖师桥。单孔石拱，始建年代无考。全联内容为宣传佛法，劝人行善。

报济桥联[一]

一

白鹤寺中，六朝古井；[二]
香花桥畔，五代浮图。[三]

——佚名

二

古寺千年留胜迹；
芳桥一径迓游人。[四]

——佚名

注释：

［一］ 报济桥：位于上海市嘉定区南翔镇白鹤寺（又称云翔寺）山门前，南北向跨封家浜。报济桥原为进出白鹤寺的主要通道。白鹤寺，位于南翔镇中心，初建于宋景祐四年（1037），后多次重修，清乾隆三十一年（1766）毁于大火。此后虽有修复，但至清末已渐荒芜，今仅存遗址。报济桥曾改为平桥，1949 年后又拓宽改建为钢筋水泥桥。2005 年重建为石拱桥，单孔，南北两坡各有石阶 12 级，镌刻此二桥联。清人陈松有《槎浦棹歌》："寺门雄峻地

钟灵，古井东西建两亭。报济石桥通四邑，势家自古说龙形。”

〔二〕 六朝古井：今白鹤寺遗址前有两口梁代古井，系六朝遗物。

〔三〕 五代浮图：浮图，塔的别称。今白鹤寺遗址前有两座建于五代十国时期的塔。

〔四〕 芳桥：指报济桥。报济桥俗称香花桥，取其意称芳桥。

天恩桥联[一]

一

云际龙飞，高凌百尺；

波间虹卧，彩耀三槎。[二]

——佚名

二

境接吴淞，势扶汪洋通万顷；[三]

名颜真圣，义兼廉让媲千秋。

——佚名

三

行看桂子月中落，

定是仙槎海上来。[四]

——佚名

四

人杰地灵，白鹤来飞传真迹；[五]

风恬浪静，彩虹耀映镇槎溪。

——佚名

注释：

〔一〕 天恩桥：位于上海市嘉定区南翔镇，又名真圣堂桥，东西向跨横沥塘。始建于清顺治年间（1644—1661），三孔石拱，花岗岩构砌。桥形秀美，现为嘉定区文物保护单位。

［二］ 三槎：槎，指木筏。古人乘木筏渡河，称乘槎。南翔附近有上槎浦、中槎浦、下槎浦三条河，因此槎溪也成为南翔的别称。

［三］ 吴淞：指吴淞江。吴淞江流经南翔镇南，直奔江海。

［四］ 仙槎：传说西汉博望侯张骞曾奉天子之命乘槎寻河源，到过南翔。

［五］ 白鹤：据《嘉定县志》载：梁天监年间(502—519)，僧德齐见乡人挖地，发现一块长丈余的石头，此时突然有一对白鹤飞来，立在石上。德齐认为这是祥兆，即决定在该地建寺。此后每日凡是白鹤飞向哪个方向，哪个方向便有人来献金建寺。待寺建成后，白鹤南飞不还。石块上却现出一诗："白鹤南翔去不归，唯留真迹在名基。可怜后代空王子，不绝薰修享二时。"寺因此被命名为白鹤南翔寺，以后寺周发展成南翔镇。

严泗桥联［一］

十字河分两县界；
百廛市聚四方人。

——佚名

注释：

［一］ 严泗桥：位于上海市嘉定区安亭镇老街中心，又名集庆桥，跨安亭泾。始建于明洪武七年(1374)，清道光六年(1826)重建。单孔石拱，花岗岩构砌。1949年后拆毁，在原址上改建钢筋水泥平桥。

［二］ 两县界：安亭泾介于原嘉定县与昆山县之间，故称两县界。

［三］ 百廛：廛，古代指一户人家所住的房屋。百廛，指来自四面八方的上百户人家聚居成市。

井亭桥联［一］

龙门旧锁春申渡；［二］
鸿运新开甲子年。［三］

——佚名

注释：

［一］ 井亭桥：位于上海市嘉定区安亭镇南，跨安亭泾。单孔石拱，始建于明弘治八年(1495)，清嘉庆八年(1803)重建，1949年后又重修，至今保存基本完好。

［二］ 春申：指春申江，简称申江。黄浦江流经上海境内的水域的别称。

［三］ 甲子：指嘉庆八年(1803)重建后的次年，即嘉庆九年(1804)，岁次甲子。

六泉桥联[一]

一

花香鸟静春耕候；
塔影山光夕照中。

——佚名

二

泉清远达春申浦；[二]
运泰欣逢甲子年。[三]

——佚名

注释：

［一］ 六泉桥：位于上海市嘉定区安亭镇吕浦村。单孔石拱，花岗岩构砌，建于民国十三年(1924)。

［二］ 春申浦：指春申江，简称申江。

［三］ 甲子：指桥建于民国十三年(1924)，岁次甲子。

高义桥联[一]

一

长虹彩射金沙塔；
半月潮连合浦门。

——佚名

二

西城万户稻粱入；
东望千艘吉贝来。[二]

——佚名

注释：

〔一〕 高义桥：位于上海市嘉定区西门外。单孔石拱，花岗岩构砌，建造年代不详。桥今已不存。

〔二〕 吉贝：马来文的音译。原指美洲木棉、爪哇木棉，为乔木，可作为纺织原料。此处泛指棉花。嘉定东部及太仓等地，是传统的产棉区。

望仙桥联[一]

一

星文遥泻汉；
虹势尚凌虚。

——佚名

二

西望瑶池降王母；
东来紫气满函关。

——佚名

注释：

〔一〕 望仙桥：位于上海市嘉定区外冈镇，又称望新桥，东西向跨顾浦。始建于明代，清乾隆十八年(1753)重建，单孔石拱，花岗岩构砌。1949年后改建为平桥。

寿人桥联[一]

一

夹岸桑荫临古渡；
沿溪桃浪访仙源。

——佚名

二

长虹远吸三江水；
匹练横衔双月湾。

——佚名

注释：

〔一〕 寿人桥：位于上海市嘉定区外冈镇钱门塘村。始建于清康熙年间(1662—1722)。时乡贤姚西亭八十寿辰封翁，家人计划大宴宾客，而姚翁命减宴，以省下之钱建造此桥，以利行人，故名寿人桥。

望仙桥联[一]

建宋绍熙，藉武康石，卧清波碧流，八仙杳去；[二]
跨唐市河，临何陋轩，映菱湖方塔，十景长留。[三]

——曹云歧

注释：

〔一〕 望仙桥：位于上海市松江区街市之北的方塔园内。始建于南宋绍熙年间(1190—1194),武康石构砌,为上海地区今存最古老的石桥之一。

［二］ 八仙杳去:传吕洞宾等八仙曾在此桥畔戏水。

［三］ 何陋轩:传望仙桥附近曾有贤人居住,自题居室为“何陋轩”,取意于唐刘禹锡《陋室铭》。方塔:著名古塔,位于松江方塔园内,建于北宋熙宁、元祐年间(1068—1094),至今巍然耸立。现为上海市文物保护单位。

大仓桥联[一]

松江熟,天下福,赋甲江南成仓囤;

柳河盈,谷水深,漕抵京师始永丰。[二]

——曹云歧

注释:

［一］ 大仓桥:位于上海市松江区玉树路东。始建年代不详,明代重建,为五孔石拱大桥,花岗岩构砌,桥形高大,造型古朴。

［二］ 永丰:大仓桥又名永丰桥。此指松江丰收,即可造福天下。

秀野桥联[一]

桥眼五通连野秀;

秀野连通五眼桥。[二]

——李待问

注释:

［一］ 秀野桥:位于上海市松江区中山西路,跨沈泾塘。原为五孔石拱桥,桥形高大,为松江重要景观。

［二］ 本联为回文联,上下联可互为倒读。

吴家浜桥联[一]

一

晓日莺花金勒影；
春江烟月玉箫声。

——黄思永

二

潮迎沪渎千寻涌；[二]
路接吴淞一镜涵。[三]

——黄思永

注释：

［一］ 吴家浜桥：位于上海市松江区九亭镇金吴村吴家浜上。由于九亭位于原江苏省松江市、青浦县和上海县的交接处，因此曾是百舟汇聚、千商云集之地。

［二］ 沪渎：古称吴淞江下游近海的一段为沪渎，现指流经上海市区的吴淞江。

［三］ 吴淞：指吴淞江。

高义桥联[一]

一

南山风咏长虹驾；
彤管辉煌厚泽施。

——佚名

二

独建数梁臻百岁；[二]

共钦一母飨千秋。

——佚名

注释：

［一］ 高义桥：位于上海市松江区九亭镇的沧泾上。始建于清道光二十一年(1841)，三孔石拱，花岗岩构砌。建桥人范国俊，为北宋名相范仲淹后裔。范国俊为纪念母亲百岁寿辰在此建桥，故又名百岁桥。高义，取自范仲淹父子麦舟赠友的故事以及范仲淹在苏州办义庄救济穷人等事迹。乾隆帝曾南巡至苏州，在西郊天平山范坟(范仲淹家族祖坟)处手书“高义园”金龙匾。范国俊建桥亦属义举，故名桥为高义桥。

［二］ 独建数梁：梁，指桥梁。范国俊之母，自五十寿辰起即命子孙建桥，每十年建一座，至百岁时，已建桥六座。此举为世人所赞。

乐郊桥联[一]

一

乐我乐人方是乐；

郊安郊稔恰期郊。[二]

——佚名

二

南北任情攸往利；

东西如意送帆风。

——佚名

注释：

［一］ 乐郊桥：位于上海市松江区九亭镇，南北向跨高汾泾河。单孔石拱，始建年代不详。1949 年后曾改建，今已不存。

［二］ 第一联的上下联第一、第三、第七字，均嵌入桥名“乐郊”。稔：五谷丰登称稔。

曲新桥联[一]

两岸机声喧昼夜；[二]

一江帆影渡春申。

——秦锡圭

注释：

［一］ 曲新桥：位于上海市松江区陈行镇，跨中河。始建年代不详。

［二］ 机声：织布机发出的声音。松江是明清时期著名的棉纺织基地。

嘉兴市

嘉兴市

（一）市区

国界桥联[一]

一

星映斗牛临鹊架；[二]

地连吴越判鸿沟。

——佚名

二

披莱远溯夫余泽；[三]

端委常存泰伯风。[四]

——佚名

注释：

[一] 国界桥：位于嘉兴市秀洲区洪合镇洪合村，南北向跨九曲港。相传桥为古代吴、越两国的分界处，故名。始建于宋代，现桥建于明代，清嘉庆十六年(1811)重修。桥为石柱三孔平板抬梁式石平桥，长 13.2 米，宽 1.5 米，两端各有台阶 5 级。桥门上镌刻人像，南侧为越王勾践，北侧为吴王夫差。桥中央的桥名碑上书“国界桥”。1981 年 10 月被列为嘉兴市文物保护单位。

[二] 斗牛：二十八星宿中的斗宿和牛宿，亦称牛斗。又指两宿的分野，即古吴越之地。

[三] 夫余：古族名，亦作扶余、凫臾。

[四] 泰伯：亦作太伯。传说中的吴国始祖。周太王欲立幼子季历为君，长子泰伯与次子仲雍主动让位，奔赴荆蛮，断发文身，成为当地君长。孔子赞泰伯、仲雍的行动为“至德”。

升平桥联[一]

一

济寿歌仁，乡称永乐；

机声渔唱，人共升平。[二]

——佚名

二

桐水西来联十景；

梅泾南望慕双贤。[三]

——佚名

注释：

[一] 升平桥：位于嘉兴市秀洲区洪合镇，南北向跨升平桥港，是嘉兴市区与桐乡之间的界桥，桥北属嘉兴市区，桥南为桐乡市濮院镇永濮村。始建年代无考，现桥为清道光八年(1828)重修。单孔石拱，纵联分节并列式拱券。桥长 18.4 米，宽 2.7 米，净跨 6 米，矢高 3 米，矢跨比为 1∶2，南北各有石阶 14 级。保存现况较好，仅桥栏石略有残缺。

[二] 第一联为嵌名联，将乡名“永乐”(该地旧名永乐)和桥名“升平”嵌入上下联的最后两字。

[三] 桐水、梅泾：均为当地河流名。

长虹桥联[一]

一

劝世入善；

愿天作福。

——佚名

二

千秋永庆;
万古长龄。

——佚名

三

淑气风光,架岭送登彼岸;
洞天云汉,横梁稳步长堤。

——佚名

四

福泽长流,物阜民安国泰;
慈航普渡,江平海晏河清。

——佚名

注释:

[一] 长虹桥:位于嘉兴市秀洲区王江泾镇一里街东南,东西向跨大运河。始建于明万历年间(1573—1620),清康熙五年(1666)、嘉庆十七年(1812)均重建。太平天国战争时部分被毁,光绪六年(1880)修复。现桥三孔石拱,长72.8米,宽4.9米,东西桥坡斜长均为30米,各有石阶57级。三桥孔中,主孔净跨16.2米,矢高10.7米,东西两孔净跨均为9.3米,矢高7.2米,为嘉兴市范围内现存规模最大的石拱桥。桥形美观,气势雄伟,犹若长虹,故名。1981年10月被列为嘉兴市文物保护单位。

永安桥亭联[一]

依槛遥看,去棹不如归棹逸;
题桥偶驻,卸帆仍是挂帆时。

——吴仰贞

注释:

[一] 永安桥:位于嘉兴市区内。桥堍有亭,亭柱上悬挂此联。

（二）桐乡市

善庆桥联[一]

一

梅泾南下瞻红旭；
桐水西流泛绿波。

——佚名

二

桥连王母仙风送；
筏结慈航伟日辉。

——佚名

注释：

［一］ 善庆桥：位于桐乡市濮院镇，旧名芦塘桥，东西向跨桐乡港。始建年代无考，现桥为清嘉庆十八年(1813)重建，重建时改名善庆桥。单孔石拱，纵联分节并列式拱券，长 12.3 米，宽 2 米，净跨 4 米。桥锁石有双龙戏珠浮雕。

甑山桥联[一]

一

一篙春水涵朝旭；
十里秋禾接绣溪。

——佚名

二

柱题白石怀司马；
路绕青山驾彩虹。

——佚名

注释：

［一］ 甑山桥：位于桐乡市龙翔街道姚堡里，南北向跨甑山港。因桥西北方向有甑山，故名。始建年代无考，现桥为清嘉庆初年重建。单孔石拱，纵联分节并列式拱券，桥面南北各有石阶 18 级。桥长 24 米，宽 2.5 米，矢高 3.8 米，净跨 6.7 米。现桥保存完好。

皂林东桥联[一]

雁齿双排，天际夕阳斜飞鸟；
虹腰对峙，夜深灯火看行船。[二]

——佚名

注释：

［一］ 皂林东桥：位于桐乡市龙翔街道皂林村。南北向跨京杭大运河。桥西侧曾有石桥名青云桥，同属皂林，当地将两桥通称皂林双桥，青云桥称皂林西桥。青云桥已于 1976 年拆除，1982 年在原址建钢筋水泥平桥。皂林东桥，始建年代无考，原为木桥，明天顺年间（1457—1464）改建成单孔石拱桥。清乾隆二十九年（1764）、民国五年（1916）两度重修。现桥单孔拱形，纵联分节并列式拱券，花岗岩构砌。长 63 米，宽 3.2 米，净跨 16.7 米，矢高 8 米。桥面南北各有石阶 50 级，两侧置石栏。桥顶平台的四根望柱上镌刻石狮两对。桥原有桥联两副，所录为西侧桥联，东侧桥联现已不存。

［二］ 虹腰对峙：指皂林双桥东西对峙。

迎香桥联[一]

一

九华航渡通兰若，
万树炊烟入柞溪。

——佚名

二

到岸霜钟惊客梦；
隔塘风遽引归帆。

——佚名

注释：

［一］ 迎香桥：位于桐乡市龙翔街道东南龙翔寺（今已不存）山门前，南北向跨横港。“迎香”原为迎接香客进寺之意，故名。始建年代无考，原为石梁桥，清光绪三十四年（1908）改建为石拱桥，1990 年又重修。现桥单孔石拱，花岗岩构砌，纵联分节并列式拱券。长 16 米，宽 2.2 米，净跨 6.5 米，矢高 3.25 米，矢跨比为 1∶2。桥面南北各有石阶 14 级，两侧有石栏，并以望柱间隔。桥顶的四根望柱上镌刻石狮两对，形态威武。

中塘桥联[一]

一

旧迹著中塘，通舟楫往还，港分南北；
新题仍永禄，来轮蹄络绎，路别东西。[二]

——佚名

二

虹影跨石矶，紧抱含山依荻岸；

鸥波通钱市，平分语水下苕溪。

——佚名

注释：

［一］ 中塘桥：位于桐乡市晚村乡下塘村，又名永禄桥，东西向跨含山中塘港。始建年代无考，现桥为清光绪六年(1880)重建。单孔石拱，花岗岩构砌，纵联分节并列式拱券。桥长34.5米，宽3.3米，净跨10米，矢高约5米。桥面南北各有石阶27级，桥顶平台有石栏。

［二］ 轮蹄：指桥下行船，桥上走马。

明庆高桥联［一］

一

彩虹跨水明如画；

白石横空影若环。

——佚名

二

绮腾大道通中塔；［二］

舟泛安流达太湖。

——佚名

注释：

［一］ 明庆高桥：又名打铁高桥，位于桐乡市民合乡中塔村小乌镇。单孔石拱，跨上塔庙港，东西走向，石级桥面，南北各有石阶16级。桥长35米，宽2.6米，净跨8米，矢高4米，矢跨比为1∶2。纵联分节并列式拱券。始建年代无考，清康熙、雍正年间曾两度重修，现桥为同治六年(1867)重建。

［二］ 绮腾：美丽宽广貌。

通河桥联[一]

一

北去帆樯通帝里；
西来士女达康衢。

——佚名

二

两岸珠光分秀邑；
一湾虹影束安流。

——佚名

注释：

［一］ 通河桥：位于桐乡市乌镇西栅外环河村，旧名通津桥，又名通湖桥，东西向跨通河桥港。始建年代无考，明弘治年间（1488—1505）由木桥改建为石拱桥，清乾隆七年（1742）重建，咸丰年间（1851—1861）毁于战火。现桥为同治九年（1870）重建，并更名为通河桥。单孔石拱，花岗岩构砌，纵联分节并列式拱券。石级桥面，长 31 米，宽 2.4 米，净跨 8 米，矢高约 4 米。

通济桥联[一]

一

寒树烟中，尽乌戍六朝旧地；[二]
夕阳帆外，是吴兴几点远山。[三]

——佚名

二

通霅门开，数万家西环浙水；[四]

题桥人至，三千里北望燕京。

——佚名

注释：

[一] 通济桥：位于桐乡市乌镇，俗名西高桥，东西向跨西高桥港。始建年代无考，明正德（1506—1521）、万历（1573—1620）和清康熙（1662—1722）、乾隆（1736—1795）时期数次重建。咸丰十一年（1861）毁于战火，现桥为同治六年（1867）里人邱雨樵等募资重建。单孔石拱，纵联分节并列式拱券。长 28.4 米，宽 3.5 米，净跨 11.8 米，矢高约 6 米，东西坡各有石阶 25 级，桥面两侧用石栏。该桥形体高大，为乌镇古石桥之最。桥下水道曾是历史上苏杭之间的漕运要道。通济桥附近另有一座高大的单孔石拱古桥仁济桥，两桥组成钥匙形。当地民众至今仍保留着元宵走桥的习俗，以盼福寿双全。在众多的乌镇古桥中，通济桥与仁济桥是必走之桥。

[二] 乌戍：乌镇的别称。六朝旧地：现乌镇长春街上仍立有一块“六朝遗胜”石碑，为明万历年间（1573—1620）湖州府同知全廷训所立。相传梁天监年间（502—519）沈约（441—513）捐其宅第资产，在此建名刹白莲寺。沈约，吴兴武康（今浙江德清）人，文史学家，《宋书》的作者，官至尚书令。白莲寺曾为南朝名刹之一，香火盛极一时。寺今已不存。

[三] 寒树、夕阳：语出唐代诗人韦应物《自巩洛舟行入黄河即事寄府县僚友》诗：“寒树依微远天外，夕阳明灭乱流中。”吴兴：指现在的浙江省湖州市。

[四] 霅：水名，称霅溪。源于浙江省天目山南北的东、西苕溪，流至湖州城内汇合后称霅溪。乌镇之水与霅溪相通。

翠波桥联[一]

一

浦上花香追屐去；[二]
寺前塔影送船来。[三]

——佚名

二

一渠翠染诗人袖；
终古波清客子心。[四]

——佚名

注释：

［一］ 翠波桥：位于桐乡市乌镇，南北向跨东市河河汊。始建年代无考，现桥为清代重修，单孔石拱，体形较小。桥一侧为买卖蔬菜的河埠，故又名菜埠桥。

［二］ 浦：指当地的芙蓉浦。

［三］ 寺：指附近建于宋代的寿圣寺。塔：指寿圣寺中的佛塔。

［四］ 第二联上下联第三字嵌入桥名“翠波”，是谓鸢肩格。

太平桥联[一]

一

龙脉南来通挹秀；[二]
鲸波东去会朝宗。

——佚名

二

□□□□□□□;

□层沧影点文澜。

——佚名

注释:

[一] 太平桥:位于桐乡市乌镇,东西向跨东市河河汊。始建年代不详,现桥为乾隆十八年(1753)重建,由本地监生胡应中出白银二百余两独力修复。因附近原有一座观音寺,故又称观音桥。桥单孔石拱,形体较小,桥顶四根望柱顶端镌刻两对石狮,栩栩如生。

[二] 龙脉南来:桥南侧原有一条通往外地的河流,故称。此河今已不存,形成一个长方形的池塘。池边三面都是廊棚,别具特色,为乌镇的重要景观。挹秀:指位于桥北侧的挹秀桥,桥形小巧玲珑。

仁慧桥联[一]

一

水面风来环漾翠;

天心月点锁藏珠。

——佚名

二

东傍凤舞溪,乡新更永;[二]

西分乌戍水,川媚斯灵。

——佚名

注释:

[一] 仁慧桥:位于桐乡市乌镇,东西向跨东市河河汊。始建年代无考,现保存完好,为单孔梁式平桥,用武康石和花岗岩混合砌成,东西坡共有石阶 28 级。

［二］ 凤舞溪：当地水流名。

福昌桥联[一]

一

练水西来，烟色霏微开爽气；

绣溪东去，日华荡漾涌晴澜。[二]

——佚名

二

地接青龙，云集成万家井邑；

波迎白马，星驰来百业舟航。

——佚名

注释：

［一］ 福昌桥：位于桐乡市乌镇南大街南段，南北向跨浮澜桥港和车溪的交汇口。始建于明宣德年间（1426—1435），为明代著名画家乌镇人浮澜（即壶敏，字中行）独力出资建造，故又名浮澜桥。明正德年间（1506—1521）重建，改名福昌桥。现桥为清乾隆四十五年（1780）重建。单孔石拱，桥身东西两侧建有栏石，桥顶栏石为靠背式，望柱上均雕刻石狮，作滚绣球状，形象逼真，堪称一绝。

［二］ 练水、绣溪：均为当地水域名。

福兴桥联[一]

一

东迤北汇源流远；

西导南回利泽长。

——佚名

二

百灵朝拱迎銮日；
万姓讴歌利涉年。

——佚名

注释：

［一］ 福兴桥：位于桐乡市乌镇南大街中段，因桥北有崇福宫，又名宫桥，南北向跨宫桥浜。始建年代不详，清康熙二十七年(1688)重建。现桥为乾隆四十五年(1780)所建，嘉庆九年(1804)、同治八年(1869)两度修葺。单孔石拱，花岗岩构砌，纵联分节并列式拱券。长 12 米，宽 3.1 米，净跨 4.1 米。桥系石上刻吸水兽，形态威武，独具特色。桥面原为石级，现改为平坡。

咸宁桥联[一]

舍旧图新，千载长占利涉；
易材为石，万年永□□□。

——佚名

注释：

［一］ 咸宁桥：位于桐乡市乌镇，南北向跨西市河。始建年代不详。现桥为梁式三孔平桥，桥面由三块长条石铺就，长 18 米，宽 1.6 米，净跨度 16 米。桥上立有望柱 8 根，两侧为架空栏石，两堍依望柱砌有抱鼓石收头。旧时桥南堍有一处冶坊，故桥俗名冶坊桥。桥两侧原有桥联两副，因年代久远，东侧桥联字迹已难辨认，故未录。所录西侧桥联亦为残联。

司马高桥联[一]

一

碧浪驾舆梁，事隶夏官资共济；
白栏依雉堞，情深秋水溯伊人。

——佚名

二

司马锡嘉名，谁继长卿高风标题有兆；
□□□□□，□□□□□□□□□□。

——佚名

注释：

［一］ 司马高桥：位于桐乡市崇福镇南，又名南高桥，南北向跨京杭大运河故道。始建于明代初年，清乾隆十四年(1749)重建，同治三年(1864)毁于战火，现桥为光绪二年(1876)重建。单孔石拱，纵联分节并列式拱券。长 29.4 米，宽 3 米，净跨 9.7 米，矢高约 5 米，矢跨比近 1∶2。桥面南北各有石阶 28 级，两侧有石栏。桥顶平台的四根望柱上镌刻石狮两对，栩栩如生。

［二］ 第二联上联叙述司马相如题桥柱的故事。锡：赏赐。第二联的下联已漫漶不清。

大通新桥联[一]

一

归路出城南，百里水程窥省会；[二]
虹梁跨塘北，重题柱石仿彭河。

——佚名

二

来往鸥纷飞，上下两河分轨道；

长空鼍稳驾，西南一路达康庄。

——佚名

注释：

［一］ 大通新桥：位于桐乡市崇福镇西南上市乡新桥村，旧名大德桥，南北向跨京杭大运河。始建于明宣德年间（1426—1435），清末重修时易今名。单孔石拱，纵联分节并列式拱券。桥长 32.5 米，宽 3.9 米，净跨 12.5 米，矢高 7 米。南北桥面各有石阶 27 级。桥面两侧置石栏，间以望柱。

［二］ 省会：指杭州市。

松老高桥联[一]

一

醉里趁帆风，戏水鸳鸯分福禄；

高松延镜月，冲霄鹳鹤会飞来。[二]

——佚名

二

五百年日往月来，修建相目自光绪以溯弘治；[三]

九十里风平浪静，艰难克济由德清而达仁和。[四]

——佚名

注释：

［一］ 松老高桥：位于桐乡市崇福镇西南上市乡东安村，南北向跨京杭大运河。始建于宋代，明弘治（1488—1505）、清嘉庆（1796—1820）时均重建，现桥为清光绪十六年（1890）重建，并镌刻此联。单孔石拱，纵联分节并列式拱券。南北桥面各有石阶 36 级，两侧置石栏，桥顶平台四根方形望柱顶端镌刻石狮两对。相传宋时有一船夫于此驾舟渡客，历经五十余年。船

夫后将多年来积存下来的渡资悉数捐出，以建此桥。此后船夫化为高松，桥因此得名。

［二］ 高松延镜月：指驾舟渡客的船夫捐资建桥的故事传说。

［三］ 五百年：指从明弘治年间到清光绪十六年重建，相隔近五百年。

［四］ 仁和：杭州的古称。

望仙高桥联[一]

一

士庶乐捐输，于此鸠工尤不缓；[二]

东西资利济，当今鼍驾又重新。[三]

——佚名

二

雁齿接云衢，舟楫来麻溪之外；[四]

虹腰环水国，源流溯天目而还。[五]

——佚名

注释：

［一］ 望仙高桥：位于桐乡市大麻镇北望仙桥村，南北向跨京杭大运河。始建年代不详，现桥为清光绪二年(1876)由当地民众捐资重建。单孔石拱，纵联分节并列式拱券。桥长32米，宽4米，净跨12米，矢高6米，矢跨比为1∶2。南北桥面各有石阶36级，两侧置石栏，桥顶平台四根望柱顶上镌刻石狮两对。

［二］ 士庶：指士人和平民百姓。

［三］ 鼍驾：桥梁代称。

［四］ 麻溪：当地水域名。

［五］ 天目：指浙江天目山。

（三）嘉善县

卧龙桥联[一]

一

修数百年崎岖之路；
造千万人来往之桥。

——佚名

二

愿人长行好事；
愿天长生好人。

——佚名

注释：

［一］ 卧龙桥：位于嘉善县西塘镇北栅，东西向跨市河口，连接大丰、大桐两圩。始建于明代，原为木桥。清康熙五十五年（1716）重建，历时四年，易木为石。据传重建者为住在桥边的朱蔑匠，他见木桥失修，给往来行人带来许多不便，于是决心建石桥。为此，他出家为僧，法号广缘和尚，化缘募资，最后桥成。桥联内容表现了广缘和尚化缘建桥的艰辛历程与感人事迹，是履行佛教教义、劝人行善的典范。桥单孔石拱，长31.46米，宽4.95米，高5.5米，为西塘古镇众多古桥中最高的一座。桥东坡有石阶32级，西坡有石阶30级。西堍还建有引桥石阶9级。桥顶有方形望柱，高71厘米，桥面石上雕有双胜、金锭、火珠、万卷书、犀角、双犀角、珊瑚枝、如意云等民间传说中的八宝纹。桥有8块桥系石（俗称桥耳朵），石上刻有吸水兽、百结纹等精美图案。现为嘉善县文物保护单位。

永宁桥联[一]

一

雕栏直面轿子湾；[二]

匹练横衔箬帽街。[三]

——佚名

二

信步乍惊春水绿；

凭栏常恋夕阳红。

——佚名

注释：

［一］　永宁桥：位于嘉善县西塘镇镇区中心，南北向跨朝南埭市河。始建年代不详，现桥为清嘉庆十五年(1810)重建。梁式单孔，是西塘古镇代表性的景观之一。

［二］　轿子湾：当地地名。

［三］　箬帽街：当地地名。街口连接永宁桥北堍。

安境桥联[一]

一

两水交流丁字样；[二]

双桥倒影彩虹如。

——佚名

二

泛棹清波波映月；

隔花幽鸟鸟鸣春。

——佚名

注释：

［一］ 安境桥：位于嘉善县西塘镇镇区中心，东西向跨胥塘河。胥塘河传为伍子胥所开。桥连接斜塘(西塘的前称)的两个乡，故名安境。始建于明代，后经多次重修，单孔石拱，今保存完好。

［二］ 两水：指贯通西塘南北的市河，即胥塘河和朝南埭市河，为西塘古镇的重要景观。丁字样：胥塘河和朝南埭市河相交成丁字。彩虹如：安境桥与永宁桥组成钥匙形双桥，其倒影如天上彩虹，安境桥与永宁桥也因此成为西塘镇上最美的景观之一。

环秀桥联[一]

一

船从碧玉环中过；
人步彩虹带上行。

——佚名

二

上下影摇波底月；
往来人度水中天。

——佚名

注释：

［一］ 环秀桥：位于嘉善县西塘镇镇区中心，南北向跨朝南埭市河，连接小桐、北翠两圩。始建于明万历九年(1581)，花岗岩构砌，三孔石拱，形体高大，曾为西塘古桥中的最高者，“环秀断虹”为明清时期西塘十景之一。民国三十三年(1944)桥圮，后改建成木桥。1949 年后又改建为单孔水泥平桥。近年又复建成单孔石拱桥，较原来的三孔石拱桥，规模大为缩小。

五福桥联[一]

一

人杰本地灵，五符地数；
民归卜天舆，福自天申。[二]

——佚名

二

履道颂幽贞，溯洄宛在；
□□□□□□，□□□□。

——佚名

注释：

［一］ 五福桥：位于嘉善县西塘镇，南北向跨烧香港。始建于明初，明、清两代多次重修，现桥为清光绪年间(1875—1908)所建。梁式单孔，花岗岩构砌，桥面由四块大条石铺就，桥两侧建有石栏凳，供行人休息。桥长 14 米，孔径 7.5 米。南北两堍均建有平台，北堍有引桥。桥身系石上镌刻精美的莲花图案。桥形古朴秀美。桥名五福，寓意吉祥。《尚书·洪范》称："五福，一曰寿，二曰富，三曰康宁，四曰攸行德，五曰考终命。"当地还有五福桥是为纪念著名昆曲艺人蒋五福(名大面)而建的传说。

［二］ 第一副桥联上下联的第六字嵌入桥名"五福"。

（四）平湖市

当湖第一桥桥联[一]

一

湖来柘水，一声胪唱冠鳌举；[二]
影接梯云，万里程开腾骥足。[三]

——佚名

二

雄踞西关，一水潆洄钟淑美；[四]
恩迎北阙，群英次第践清华。[五]

——佚名

注释：

［一］ 当湖第一桥：位于平湖市当湖街道西小街安吉弄北口，南北走向。三孔石拱，故又名三环洞桥。始建年代无考，现桥为清咸丰年间(1851—1861)重建。花岗岩构砌，长26.3米，宽3.35米，中孔跨径8.6米、矢高5.2米，边孔跨径4.7米、矢高2.75米。南北桥面各有石阶19级。平湖市郊有湖，为平湖塘、上海塘和黄姑塘三塘交汇处，此处桥梁众多，而建筑之宏伟首推此桥，故称当湖第一。现为平湖市文物保护单位。

［二］ 胪唱：亦名传胪。科举殿试后由皇帝宣布登第进士名次的典礼。古代以上传语告下为胪，即唱名之意。鳌举：意指中状元，即独占鳌头之意。

［三］ 梯云：意指步步高升，直上青云。骥足：骥，良马。骥足，意指在远行中可当重任。

［四］ 钟：钟爱。

［五］ 北阙：指京城北京。清华：清秀贵美。

马厩庙大桥联[一]

一

扬帆东驰，径连三泖口；[二]

驱车南望，遥指九峰巅。[三]

——佚名

二

半月偃赵泾，五坊门户；[四]

长虹环马厩，三县交通。[五]

——佚名

三

南狩渡景公，庙貌至今称马厩；

西区沿大易，塘名终古属赵泾。

——佚名

四

隔岸拱星枢，南望海沙，北通汉水；

横塘澄月影，东连泽浦，西湖硖川。

——佚名

注释：

[一] 马厩庙大桥：位于平湖市曹桥街道，南北向跨赵泾港。始建年代不详，现桥为清光绪年间(1875—1908)重建，民国十八年(1929)又重修。三孔石拱，花岗岩构砌。长34.2米，宽3米，中拱矢高6.32米，南北桥面各有石阶37级。体量巨大，结构严谨，保存完好，为平湖市的一处重要景观。据《光绪平湖县志》载："马厩庙，在县南一十五里，俗传景公(指齐景公)养马之所，因名马厩。"桥现为浙江省文物保护单位。

[二] 径：径直，直接。

［三］ 九峰：指位于桥南的九龙山。

［四］ 偃赵泾：偃，停止。偃赵泾，指半月（马厩庙大桥）在赵泾港上。

［五］ 三县：指桥旧时为平湖附近嘉善、海宁和嘉兴诸县的交通要道。

（五）海宁市

北关桥联[一]

一水接帆樯，直达鸳湖占利济；[二]
双山资锁钥，喜同鳌塔告成功。

——佚名

注释：

［一］ 北关桥：位于海宁市北门，东西向跨长水塘。始建年代不详，单孔石拱，花岗岩构砌。

［二］ 一水：指北关桥所跨的长水塘，塘水直通嘉兴南湖。

瑞雪桥联

一

但见石泾鱼乐；
不闻津水鹃啼。

——程学川

二

不百步登北亚；
引两河作西流。

——程学川

三

地灵曲引西流水；

山近晴看北亚岚。

——蒋鹿萍

（六）海盐县

罨画桥联[一]

两水夹明镜；
双桥落彩虹。

——佚名

注释：

〔一〕 罨画桥：位于海盐县的绮园内。始建于清初，清末重修，单孔石拱，花岗岩构砌，保存完好。罨，覆盖之意。罨画，意指周围景色如画。

湖州市

(一) 市区

通利桥联[一]

一

条水南来，□接乌青之委；[二]
文峰西峙，波涵奎壁之光。[三]

——佚名

二

一水通津……
万民利济……[四]

——佚名

注释：

[一] 通利桥：位于湖州市南浔区，东西向跨市河。通利桥历史悠久，传为南宋江州参军华文胜建于嘉熙年间(1237—1240)，故又名华家桥。现桥为清咸丰八年(1858)重建，梁式单孔，桥面由五块长条石铺就，石面上镌刻浮雕图案，桥两侧建有石栏凳。

[二] 第一联上联第五字漫漶不可辨。条水：指通利桥所跨的市河浔溪河，自南往北贯穿南浔区。乌青：指桐乡市的乌镇和青溪，现已合并，统称乌镇。

[三] 文峰：指桥西方的文峰塔，塔今已不存。

[四] 第二联上下联第四字以下均漫漶难辨，其中上下联的第三字嵌入桥名“通利”，是谓鸢肩格。

南安桥联[一]

一

南浦据通衢，波涵雁齿；[二]
安澜昭顺轨，彩焕虹腰。[三]

——佚名

二

半月吐流云，驱石雄开飞甃势；[四]
七星横巨浸，浮梁丕振济川功。

——佚名

注释：

［一］ 南安桥：位于湖州市南浔区北，东西向跨市河。始建年代不详，现桥为清同治四年(1865)重建。梁式三孔，桥面由四块长条石铺就(西侧一孔为五块长条石铺成)，桥西堍建有由6级石阶组成的引桥及引桥平台。

［二］ 通衢：指四通八达的道路。

［三］ 第一副桥联上下联首字以鹤顶格形式嵌入桥名“南安”。

［四］ 甃：用砖砌壁称甃。

万魁桥联[一]

桥卧为虹，五色云霞开晓霁；[二]
波平如镜，万年甲第耀奎文。

——佚名

注释：

［一］ 万魁桥：位于湖州市双林镇禹王庙北，南北向跨双水(又名双林塘)，西临凤漾河。始建年代不详，初为木桥。清康熙元年(1662)改建，

历时八年竣工。康熙五十三年(1714)重修。现桥为乾隆五十五年(1790)重建。桥长56米,高6.8米,宽3.2米。

[二] 五色:五彩。

化成桥联[一]

联双水之晴虹,中流自在;[二]
起三桥之彩凤,夹道行空。[三]

——佚名

注释:

[一] 化成桥:位于湖州市双林镇,南北向跨双水(又名双林塘)。始建于元延祐年间(1314—1320),由双林塘附近化成庵僧人募捐建成,故以庵名为桥名,称化成桥。初为木桥,明初重建。明天顺二年(1458)又改建为石桥。其后又多次重修。桥长46米,高6.8米,宽3.4米。

[二] 双水:指双林塘。

[三] 三桥:指双林镇跨双水(双林塘)的三桥,即万魁桥、化成桥和万元桥。化成桥居中间,万魁桥位于化成桥西122米处,万元桥位于化成桥东225米处,人称双林三桥。在双林塘中不足400米长的河段上横跨三桥,犹如三条长虹横卧于碧波之上,气势雄伟,蔚为壮观,而且三桥均有桥联,富有强烈的人文气息。三座古桥至今保存良好,1989年3月被列为湖州市文物保护单位,2013年3月被列为第七批全国重点文物保护单位。

万元桥联[一]

甲地云联,双水千秋资重镇;
台星鼎峙,三桥一气接长天。

——佚名

注释：

〔一〕 万元桥：位于湖州市双林镇，南北向跨双水（又名双林塘）。始建年代不详，明嘉靖年间（1522—1566）遭倭寇破坏，圮于水。清康熙时建木桥，雍正八年（1730）改建为石桥，并正式命名为万元桥。现桥为清道光十四年（1834）所建，长 51 米，高 7 米，宽 3.5 米。高大雄伟，建造尤为精妙，桥栏上镌刻 10 对狮子，形态各异，栩栩如生，堪称艺术珍品。

（二）德清县

四仙桥联[一]

野渡傍溪山，会有才人题驷马；
嘉名登志乘，不劳仙迹访骖鸾。

——俞樾[二]

注释：

［一］ 四仙桥：位于德清县境内。清代末年重修。据《德清县志》载，该桥是德清县境内的一座名桥，故有“嘉名登志乘”之说。

［二］ 俞樾（1821—1907）：字荫甫，号曲园，浙江德清人。清道光进士，官至河南学政。后在苏州建曲园。晚清著名学者，工诗文、楹联。

白云桥联[一]

一

一方水利攸关，读敏达遗碑，岂止通津便舟楫；[二]
百岁风流未沫，近陶邻故里，应教比户盛弦歌。[三]

——俞樾

二

天目山两乳双来，凤舞龙飞，到此始成大结束；[四]
云塘桥百年重建，虹腰雁齿，于今再焕旧规模。

——俞樾

注释：

［一］ 白云桥：位于德清县。始建年代不详，清乾隆、光绪年间均重修。

［二］ 敏达遗碑：敏达，即李敏达。桥畔曾有李敏达书写的碑，碑文中载有修桥简史。

［三］ 未沬：沬通昧。未沬，即未昧，指未消失。陶邻：即陈斌宇，当地名士，人们尊之为白云先生。比户盛弦歌：比户，指附近的老百姓。弦歌，指为官清廉，百姓欢乐。盛弦歌，赞扬当地官员为修桥做出的努力。

［四］ 双来：指东、西苕溪皆源于天目山，其中东苕溪流经德清。

灵鹊桥亭联[一]

银河无渡隔牛女；
竹海有桥凭画栏。

——卢前[二]

注释：

［一］ 灵鹊桥：位于德清县莫干山风景区内。桥上建有精美桥亭，游人登灵鹊桥，观莫干山竹海，景色如画。

［二］ 卢前：字葆光，1943 年生，浙江温州人。中国楹联学会会员，浙江语言学会、楹联研究会副会长，莫干山诗词学会会长。工诗书画印。

状元桥联[一]

一

佳气遥迎三极北；
崇栏静障百川东。

——佚名

二

巍耕百世留陈迹；
遗泽三潭启后贤。

——佚名

注释：

〔一〕 状元桥：位于德清县新市镇北栅，原名玄武桥，又名东吴桥。始建于唐代，传因南宋嘉定十年(1217)乡人吴潜(1196—1262)中状元，桥改名状元桥。现桥为清同治年间(1862—1874)重修，单孔石拱，花岗岩构筑。

（三）长兴县

五里桥联[一]

一

重修逢亥岁，算来甲子三周；[二]

旧建向巽方，刚出长城五里。[三]

——佚名

二

苕东通流，北去五湖偕霅水；[四]

古城雄峙，西连三箬□长城。

——佚名

注释：

［一］　五里桥：位于长兴县城东南五里处，故名五里桥，又称五里牌桥，跨吕山塘港。始建于明万历初，现桥为清乾隆十三年(1748)规划重建，乾隆二十年(1755)竣工。单孔石拱，纵联分节并列式拱券，长 25 米，宽 3.4 米，高 10.5 米，净跨 14.8 米。桥顶平台刻有云水纹，有方形望柱四根，柱头镌刻石狮，形象生动。桥两侧有石栏板，板上刻有精美花纹。现为长兴县文物保护单位。

［二］　亥岁：桥于清乾隆二十年(1755)重建，岁次乙亥。算来甲子三周：60 年为一甲子，三甲子为 180 年，向前推 180 年正是明万历初。

［三］　巽：八卦之一，为木，为风。长城：长兴县城的简称。

［四］　苕东通流：指流经五里桥南部的西苕溪，溪水向东流去，至湖州后与东苕溪合流后称霅水，再注入太湖。

主要参考书目

古桥、楹联、文化类

1. 俞樾撰:《楹联录存》,光绪二十年刊本。
2. 梁章钜辑:《楹联丛话·续话·三话》,上海会文堂,1921 年。
3. 梁恭辰辑:《楹联四话》,上海会文堂,1921 年。
4. 顾禄撰:《桐桥倚棹录》,上海古籍出版社,1980 年。
5. 钱仲联编选:《苏州名胜诗词选》,苏州文联,1985 年。
6. 潘贞邦纂:《吴门逸乘》,《苏州史志资料选辑》,《苏州史志资料选辑》编辑部,1989 年。
7. 裴国昌主编:《中国名胜楹联大辞典》,中国旅游出版社,1993 年。
8. 金实秋编注:《中国名桥楹联大观》,中国旅游出版社,1994 年。
9. 徐文涛主编:《苏州古桥》,上海文化出版社,1998 年。
10. 陈志强著:《吴江名胜楹联赏析》,吉林人民出版社,1999 年。
11. 韦中权主编:《常州联海》,中国社会出版社,2001 年。
12. 吴国良著:《吴江古桥》,古吴轩出版社,2002 年。
13. 陈志强著:《吴越古镇名胜对联赏析》,远方出版社,2002 年。
14. 陈志强著:《江南六镇古桥》,远方出版社,2004 年。
15. 无锡市文学艺术界联合会编:《无锡对联集成》,中国戏剧出版社,2005 年。
16. 陈志强、张舫澜编著:《吴江对联集成》,大众文艺出版社,2007 年。
17. 潘君明主编:《苏州楹联集成》,江苏教育出版社,2010 年。
18. 张霞房撰:《红兰逸乘》,苏州图书馆藏"吴中文献小丛书"铅印本。
19. 苏州传统文化研究会编:《传统文化研究》(1—7 集),古吴轩出版社。
20. 苏州传统文化研究会编:《传统文化研究》(8—16 集),群言出版社。

县、区、镇方志类

1. 曹允源、李根源等纂:《吴县志》,苏州文新书局,1933 年。
2. 平江区修志领导小组编:《平江区志》,1985 年自印本。
3. 昆山县县志编纂委员会编:《昆山县志》,上海人民出版社,1990 年。
4. 青浦区区志编纂委员会编:《青浦区区志》,上海人民出版社,1990 年。
5. 吴江县县志编纂委员会编:《吴江县志》,江苏科技出版社,1991 年。
6. 太仓县县志编纂委员会编:《太仓县志》,江苏新华出版社,1991 年。
7. 薛利华主编:《洞庭东山志》,上海人民出版社,1990 年。
8. 千灯镇镇志编纂委员会编:《千灯镇志》,上海人民出版社,1991 年。
9. 盛泽镇地方志办公室编:《盛泽镇志》,江苏古籍出版社,1991 年。
10. 沙洲县县志编纂委员会编:《沙洲县志》,江苏人民出版社,1992 年。
11. 嘉定区区志编纂委员会编,杨于白主编:《嘉定区区志》,上海人民出版社,1992 年。
12. 松江区区志编纂委员会编,何惠民、王健民主编:《松江区区志》,上海人民出版社,1992 年。
13. 海盐县志编纂委员会编,王德坚主编:《海盐县志》,浙江人民出版社,1992 年。
14. 德清县志编纂委员会编,朱光和主编:《德清县志》,浙江人民出版社,1992 年。
15. 长兴县志编纂委员会编,谢文柏主编:《长兴县志》,上海人民出版社,1992 年。
16. 张浦镇镇志编纂委员会编:《张浦镇志》,上海三联书店,1992 年。
17. 吴县县志编纂委员会编:《吴县志》,上海古籍出版社,1994 年。
18. 安吉县志编纂委员会编,徐文彬主编:《安吉县志》,浙江人民出版社,1994 年。
19. 嘉善县志编纂委员会编:《嘉善县志》,上海三联书店,1995 年。
20. 海宁县志编纂委员会编:《海宁县志》,汉语大词典出版社,1995 年。
21. 桐乡县志编纂委员会编,马正新主编:《桐乡县志》,上海书店,1996 年。
22. 嘉兴市志编纂委员会编:《嘉兴市志》,中国书籍出版社,1997 年。
23. 木渎镇志编写委员会编:《木渎镇志》,上海社会科学院出版社,1997 年。
24. 震泽镇镇志编纂委员会编:《震泽镇志》,中国矿业出版社,1999 年。
25. 湖州市志编纂委员会编,王克文主编:《湖州市志》,昆仑出版社,1999 年。
26. 虞山镇志编纂委员会编:《虞山镇志》,中央文献出版社,

2000 年。
27. 沈藻采编撰:《元和唯亭志》,北京方志出版社,2001 年。
28. 沈及主编:《唯亭镇志》,北京方志出版社,2001 年。
29. 娄葑镇志编写委员会编:《娄葑镇志》,北京方志出版社,2001 年。
30. 邹永明主编:《西山镇志》,苏州大学出版社,2001 年。
31. 七都镇镇志编纂委员会编:《七都镇志》,江苏古籍出版社,2001 年。
32. 梅堰镇镇志编纂委员会编:《梅堰镇志》,江苏古籍出版社,2002 年。
33. 沈姐妹主编:《石浦镇志》,中国华侨出版社,2003 年。
34. 金阊区修志领导小组编:《金阊区志》,东南大学出版社,2005 年。
35. 沧浪区志编纂委员会编:《沧浪区志》,上海社会科学院出版社,2005 年。